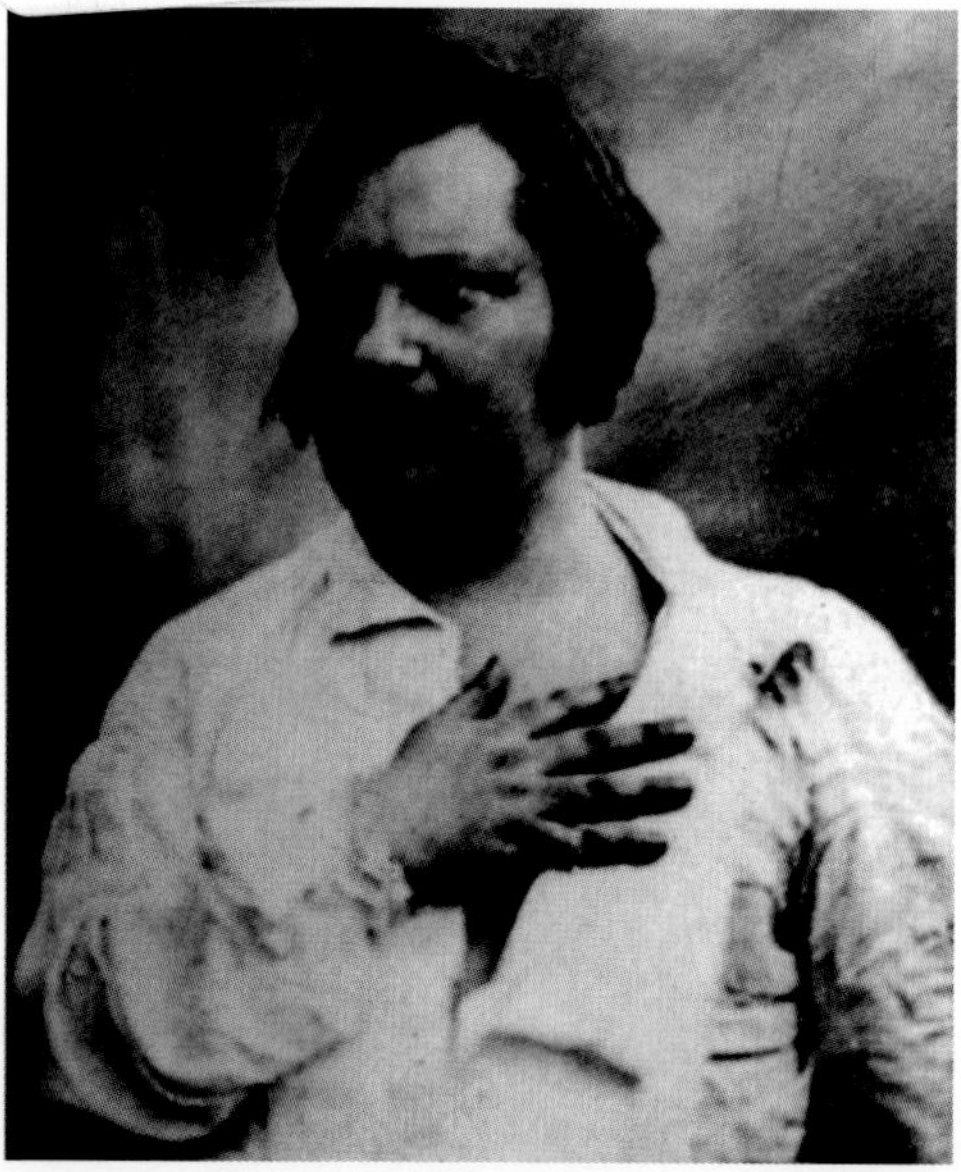

バルザック

バルザック

●人と思想

高山鉄男 著

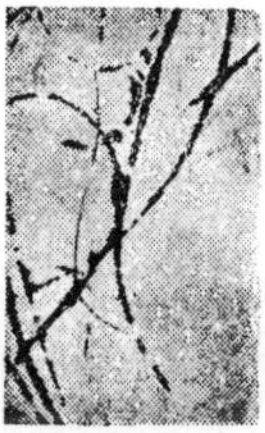

168

CenturyBooks 清水書院

はじめに

今年は、バルザックの生誕二百年に当たる。これを記念してフランスでは大規模なシンポジウムが開催され、またおびただしい数の研究書が刊行された。さらにバルザックが世を去ったのは一八五〇年であるから、来年の西暦二〇〇〇年は没後百五十年になる。作家が、死後百五十年を経過してなお読みつがれ、研究され続けるというのは大変なことだ。作品によほどの魅力と独創性がなくてはならない。

バルザックの『人間喜劇』のなにが、読者の心をとらえ続けているのか、つまりバルザックの小説の魅力はなにかということを、簡単に言うのは難しいが、人生の喜びと悲惨、人間の偉大さと醜悪さ、物欲と虚栄、出世欲と情欲、青春の希望と愛、信仰と献身等々、およそ人間にかかわるすべてがバルザックの作品に描かれていることはまちがいない。

本書は、バルザックの人と思想と作品についてあらましを述べたものである。もとより書き足らぬ点も多々あると思うが、バルザックの生誕二百年という記念すべき年にあたり、本書がバルザックの読者をすこしでも増やすのに役立てば、著者としてこれにまさる喜びはない。

目次

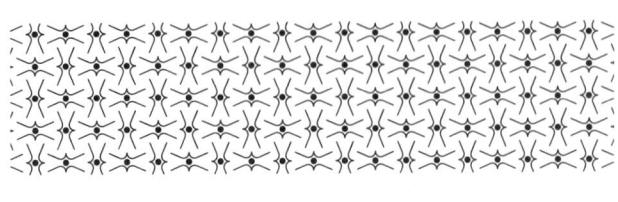

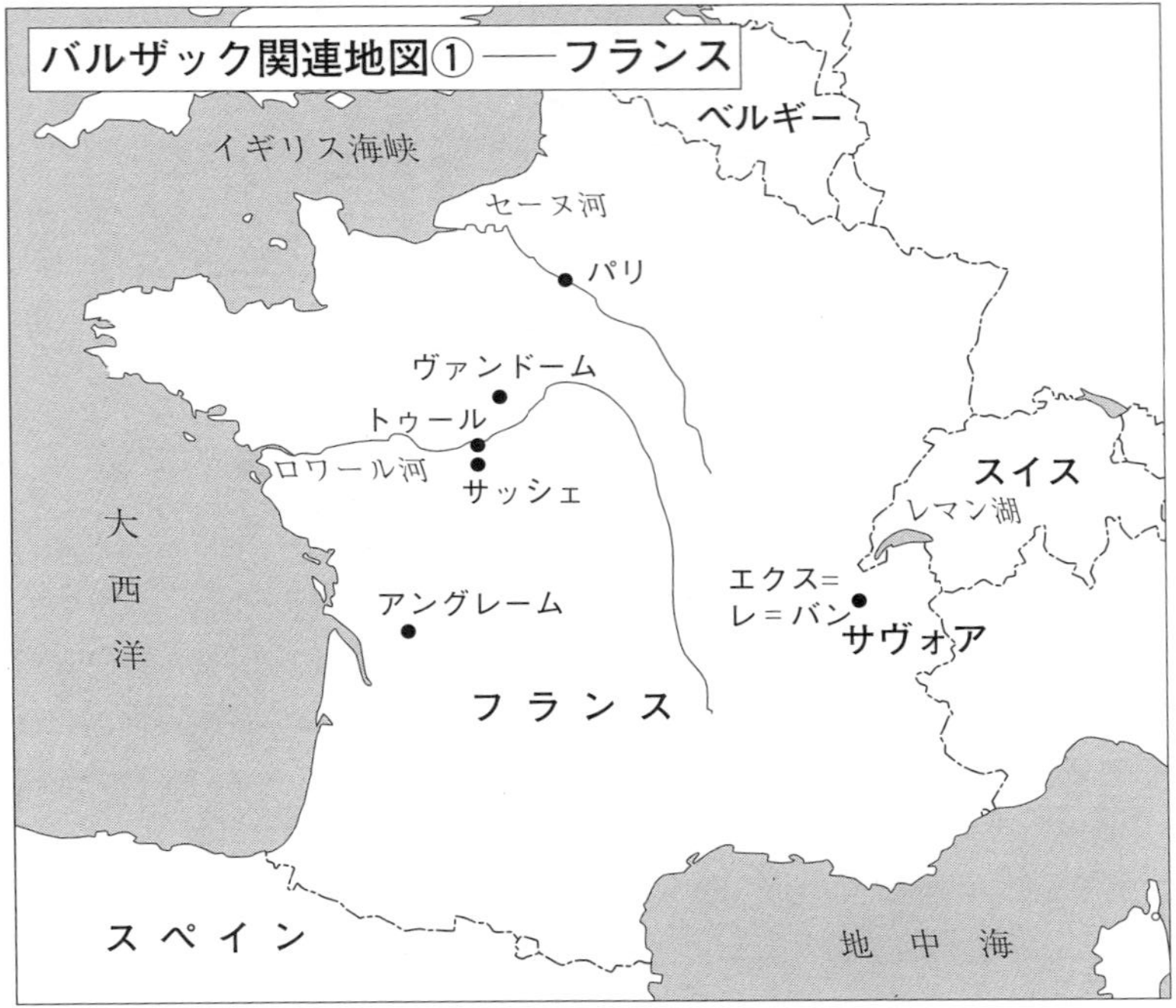
バルザック関連地図①――フランス
ベルギー
イギリス海峡
セーヌ河
パリ
ヴァンドーム
トゥール
ロワール河
サッシェ
大西洋
アングレーム
フランス
スイス
レマン湖
エクス=
レ=バン
サヴォア
スペイン
地中海

バルザック関連地図②── ヨーロッパ
スウェーデン
サンクト・
ペテルブルグ
ロシア
北　海
バルト海
アイルランド
イギリス
ロンドン
ヴィエシュホーヴニャ
ベルディチエフ
ドイツ
ウクライナ
大西洋
パリ
フランス
スイス
ヌーシャテル
ジュネーヴ
ミラノ
ジェノヴァ
マルセーユ
コルシカ島
ローマ
スペイン
地中海
イタリア
サルディニア島

I　生い立ち――一七九九～一八一六

一　バルザック家の人々

ビアンションを呼ばなくては

一八五〇年の八月、五十一歳のバルザックの病いはすでに重く、彼は生死の境をさまよっていた。死を目前にしたこの天才の夢が、どこの枯野をかけめぐっていたかは知るよしもないが、深い眠りにおちていたバルザックは、ふと目覚めると「そうだ、ビアンションを呼ばなくては」と言ったそうである。ビアンションは、バルザックの小説に繰り返し登場する名医で、パリ大学医学部の教授である。ビアンションなら、自分の病気を治してくれると、瀕死のバルザックは思ったのかもしれないが、ビアンションはもちろん実在せず、バルザック自身が作品のなかでつくりだし、理想化した医者である。

バルザックについての逸話は多いが、「ビアンションを呼ばなくては」というこの言葉ほど、小説家としてのバルザックの面目を躍如たらしめているものはない。この言葉は、『人間喜劇』の世界が、恐ろしいほどの現実味をもって、作者の脳裏に生きていたことを示している。

バルザックの作品の主たるものは、全九十一篇からなる『人間喜劇』にまとめられ、そこには二千人を越す人物が登場し、バルザックの一生は、この膨大な作品群を書くことに捧げられた。そしてバルザックにとって、みずからつくりだしたこの小説の世界は、現実よりももっと現実的ななにかだった。

小説家バルザックの天才とは、架空の物語を読者に現実そのものと思わせることだったが、しかしバルザックは、読者よりも先に、まず自分自身がつくりだした小説の世界にとらえられていた。だからこそ、バルザックは物語という白日の夢を倦むことなくつむぎ続けたのである。

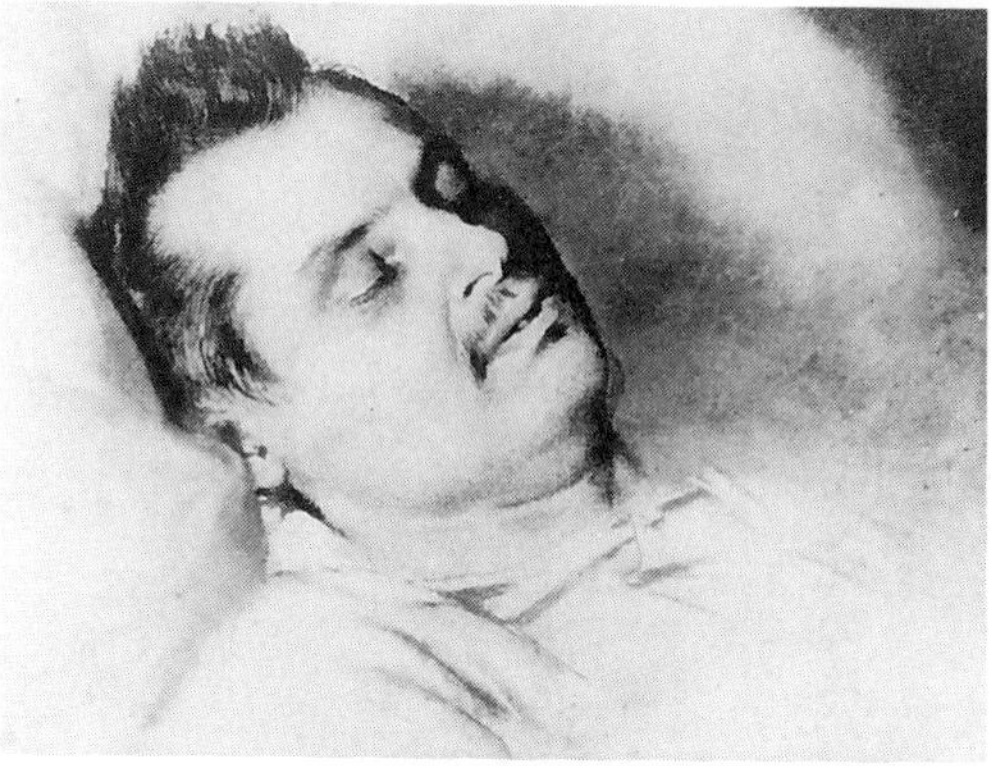

死を迎えたバルザック

バルザックの時代

『人間喜劇』には、むろん多種多様な物語が語られている。恋物語もあれば、守銭奴の物語もあり、学者の話もある。けれどもバルザックの小説なら、どのページを開いても、そこにはいかにも人間くさい情熱が渦巻いている。バルザックの小説の主人公たちは、みな果てしない夢にとりつかれた人々だ。彼ら主人公たちは、恋にせよ、野心にせよ、なんらかの情熱に身をこがし、力をつくして生きる。こういう人物たちを描き出したバルザックその人の生涯が、中途半端なものであったはずがない。バルザック自身の人生は、途方もない情熱につき動かされた人の一生だった。

バルザックの一生は、あまたの失敗と不幸に満ちている。それにもかかわらず、絶望や人生に対する皮肉な態度はバルザックにはほとんど無縁で、消えることのない希望が、バルザックの情熱を支え続けた。「私は希望によってのみ生き、私にあって希望というものは特異現象と言っていいほどです」と、バルザックはハンスカ夫人宛ての手紙に書いている（一八四六年二月八日付）。

このような情熱の根底にあったものはなんだろうか。それはむろんバルザックの個性であり、天才であったにちがいないが、ひとつにはやはり時代というものだったろう。一七八九年のフランス革命によって、人々は長年にわたる封建制度の軛《くびき》から解き放たれた。自由な個人というものが自覚され、教会の権威が弱まるとともに、現世的な幸福を追求することが当然とされるようになった。フランス革命時代の政治家サン・ジュストは、「ヨーロッパにおいて幸福とは新しい概念である」と、議会演説で述べた。

人々は、地上の幸福を求めて激しく競争し、戦うようになった。近代市民社会の成立とは、それ自体が情熱と欲望のドラマであり、『人間喜劇』とは、成立期における近代市民社会の欲望と希望の物語であると言ってもいい。だがこの希望がむなしいこと、この欲望がじつは決して満たされないことを、バルザックはだれよりもよく承知していた。なぜなら『人間喜劇』には、希望と情熱にうながされて、社会との果敢な戦いに挑む多くの青年たちが描かれているとともに、彼らの挫折も描かれているからである。また、幸いにして戦いに勝ったとしても、そのとき彼らをとらえる深い失望も描かれているからだ。また、こういう自由な競争の場としての社会が、どれほどの残酷さを秘めているかも示されている。バルザックは、「近代」というものの最初の観察者であったとともに、その最初の批判者でもあったのだ。

バルザックの父親

フランス革命によって封建制度が崩壊してからちょうど十年たった一七九九年五月、オノレ・ド・バルザックはトゥールで生まれた。この町は、トゥーレーヌ地方の中心的な都市で、パリの西南約二百三十キロに位置している。今なら高速鉄道（TGV）で一時間程度の距離である。トゥールは、ロワール河というフランス最長の河に臨むため、古来、交通の要所として栄えてきた。このロワール河に沿って、なだらかな丘陵がつらなっている。丘陵には葡萄畑が広がり、ところどころに白い城館が立っている。この地方は風光明媚な土地として名高く、「フランスの庭園」と言われているのだ。バルザックは、『谷間のゆり』の主人公フェリックス・ド・ヴァンドネスに、「自分は、芸術家が芸術を愛するように、トゥーレーヌ地方を愛する。トゥーレーヌがなければ、私は生きてはいられまい」という意味のことを言わせているが、これは作者自身の気持ちでもあったにちがいない。

このトゥールの町をほぼ中央でつらぬく目抜きの大通り――現在ではナショナル通りと呼ばれて

いる――でバルザックは生まれたが、バルザックの生家は、現在はもう残っていない。ただバルザックの時代と同じように、この通りは今でもトゥールの中心部をロワール河に向かって広々とまっすぐに伸びており、道行く人たちに明るい気持ちを与えている。

父親は当時、陸軍トゥール師団の糧秣《りょうまつ》部長だった。糧秣部長といっても私たちにはぴんとこないが、軍隊に食糧を供給する役所の責任者である。当時のフランスは、オーストリアやイギリスなどと交戦中で、ヴァンデ地方の反乱など内戦もまだ続いていたから、これはかなり重要な地位だった。さらにバルザックが生まれて四年目の一八〇三年には、トゥール市の助役をも兼任している。要するにベルナール＝フランソワ・バルザックという名のこの父親は、相当に地位の高い官僚だった。

農民の息子として生まれながら、革命と戦争の時代をたくみに生き抜いて立身出世をとげたこの人は、息子のバルザックに大きな影響を与えただけでなく、当の本人の経歴や人柄においてもなかなか興味深い人物である。『人間喜劇』に登場する多数の新興市民階級の人々、優雅さや気品にはとぼしいが、才覚とエネルギーならありあまるほどある連中のいわば原型ともいえる人物なのだ。

ベルナール＝フランソワは、フランス西南部の寒村のヌーゲリエ村の農民の子で、むろん正規の学校教育など受けなかったが、生来利発だったにちがいなく、村の司祭から読み書きを習うと、近在の町の公証人事務所で働くようになった。一七六五年ごろ、十九歳のベルナール＝フランソワは、パリに出てきたらしい。あるいはもう少し後だったかもしれないが、いずれにしても、一七六八年には、パリの代訴人事務所で勤務していたことが確認されている。知り合いも金もないこの青年が、どういういきさつで短時日のうちに出世の階段をかけあがったのか、じつはよく分かっていないのだが、一七七六年には、国王諮問会議（コンセイユ・デュ・ロワ）の審議官で、ジョゼフ・ダルベールという人物の秘書官に任命されている。

国王諮問会議というこの役所は、とるに足らない行政機関ではない。それどころか王権の中枢をなす組織で、外交問題が審議される国家参事会、財政が扱われる財政参事会など多数の会議体から構成されており、その多くは国王自身によって主宰されていた。これら多数の会議体の総称が国王諮問会議と言われていたもので、これはじつは王権の中枢そのものだったのである。したがって、構成員である審議官の仕事は膨大だったために、秘書官を雇って、法律的見地から調査や検討を行わせていたらしい。それが国王諮問会議の秘書官と呼ばれていた役人で、豊富な法律知識なしにはこなせるものではなかった。バルザックの父親は、いつの間にかひとかどの法律専門家になっていたのである。

こうして、ベルナール＝フランソワは、ルイ十六世治下のフランスで、首尾よく出世したわけだが、そのうちにフランス革命が始まり、王権は崩壊する。だがこの抜け目のない男は、動乱がいよいよ激しくなると、革命派に転向し、地区委員、パリ警察裁判所の委員などを歴任したあと、北部フランス陸軍に糧秣を供給する仕事の責任者になった。そして、この仕事を見事にやってのけることで出世の糸口をつかみ、以後のベルナール＝フランソワは、糧秣行政の総指揮をとるドゥメールの庇護を受けながら順調に出世して、一七九五年には、トゥール市の糧秣部長に任命されたのである。

ドゥメールは、職務上ベルナール＝フランソワを庇護したのみならず、結婚の世話までしたようだ。一七九七年、すでに五十一歳になっていたベルナール＝フランソワは、ドゥメールの世話で、当時十八歳のアンヌ＝シャルロット＝ロール・サランビエと結婚した。三十三歳という年齢差には驚かされるが、これは当時の風習からしてもややへだたりの大きいほうだったらしい。

バルザックの母親

そもそも当時中産階級の娘は、相当の持参金をたずさえて嫁入りするのが常であったし、男性も資産を獲得したり、地位を固めるために結婚を利用することが多かった。資産家の娘と結婚するためには、男性のほうもある程度の地位になっていなければならないから、当然、晩婚になる。

後年バルザックは、『結婚の生理学』（一八二九）のなかで、男性はまるで市場で国債でも買うように妻をめとる、と言ってブルジョワ的結婚を批判したが、バルザックの両親こそ、俗物的、ブルジョワ的結婚の典型的な実践者だったのだ。そしてまた結婚において、当人の気持ちよりも社会的都合が優先する結果、家庭内に生ずるさまざまな不幸を身をもって体験したのがほかならぬバルザック自身だったのである。というのも、バルザックの両親の間柄は決して円満というわけにはいかなかったからだ。

サランビエ家の娘との結婚は、ベルナール＝フランソワにとって明らかに有利なものだった。サランビエ家は、毛織物や飾り紐などを手広く商う裕福な商家で、若く美しい新妻は、パリ近郊ランブイエにある農場を、結婚のための資産として持参した。数年後にバルザック家は、この農場を三万フランで売却し、一八〇四年にトゥール市のナショナル通りの家屋（これも残念ながら現存していない）を四万フランで、また、トゥール近郊のサン＝ラザール農場を二万三千フランで購入している。ちなみに、一八〇四年におけるベルナール＝フランソワ・バルザックは、トゥールで九番目の高額納税者で、年に三万フランの資産収入を得ている。バルザックの幼少時代、バルザック家はきわめて裕福であったと考えてさしつかえない。

ところで、生涯借金に追われ続けたバルザックについて語る場合、当時の一フランが今の日本円にしてどのくらいかということを考えざるを得ない。ロジェ・ピエロはそのすぐれた伝記『オノレ・ド・バルザック』（一九九四）のなかで、バルザック時代の一フランは、現在の二十一・六九フランに相当するとしている。むろんフランと円の交換比率はたえず変動しているが、一九九九年現在、一フランはおよそ二十三円程度である。とすればバルザック時代の一フランは、現在の五百円ぐらいということになる。もっとも当時、労働者や農民の賃金は大変低く、年に三百フランつまり十五万円を越えることはなかった。幹部ではない普通の公務員ならその年収は千から三千フラン、つまり五十万円から百五十万円ぐらいにすぎなかった。とすると、バルザック家の年収三万フランは、単純に円に換算した額以上に、心理的には高額のものだったと言える。

里子に出される

さて前述のように、一七九七年、ベルナール＝フランソワ・バルザックは、アンヌ＝シャルロット＝ロール・サランビエと結婚し、一七九九年には、『人間喜劇』の作者オノレが生まれている。翌一八〇〇年には妹のロールが、さらに一八〇二年には、もう一人の妹のローランスが生まれた。ローランス誕生の折りに発行された洗礼証書には、ベルナール＝フランソワ・ド・バルザックの娘と記されているが、この「ド」はバルザック家のほうで勝手につけたものだ。よく知られているように、姓の前に「ド」という前置詞がはいっていれば、これは貴族の家柄を表している。バルザック家はいかなる意味でも貴族ではなかった。多くの成功した市民階級出身者と同様にバルザック家も貴族にあこがれ、貴族ふうの名前を誇示しただけである。

『人間喜劇』の作者自身にしてからが、『人間喜劇』の最初の作品、『ふくろう党』（一八二九）こそオノレ・バルザックの名で発表したが、『あら皮』（一八三一）以降は、もっぱらオノレ・ド・バルザックの名で作品を刊行している。だが結局勝ちを占めたのは、俗物趣味のバルザック家のほうであって、それをあざ笑った世間のほうではなかったと言えるかもしれない。なぜなら二百年後の

トゥールよりロワール河ごしにサン＝シール村を臨む

今日、私たちは、『人間喜劇』の作者のことをオノレ・ド・バルザックと呼び、オノレ・バルザックとは決して言わないからである。

オノレは、生後ただちに、トゥールのすぐ近くで、ロワール河の対岸にあるサン＝シール村に里子に出された。妹ロールが誕生すると、ロールも同じ里親に預けられた。里親に出すというと冷たいようだが、バルザック家は当時の習慣にしたがったにすぎず、この一事をもって母親の冷淡さを想像するわけにはいかない。と言うのは、バルザックが生まれる前年に、バルザック家はすでに一児をもうけているが、当時流行したルソー風の教育思想にしたがい、この子を母親みずからが育てた結果、生後間もなく死なせてしまったからである。オノレと妹のロールを里子に出したのは、バルザック家にとって当然の措置だったと言える。

しかし一八〇七年、わずか八歳のバルザックを、ヴァンドーム学院に寄宿生として送りこんだのは、バルザック家にとって当然の措置だったかどうか、これには多少の疑問の余地がある。とくにトゥールとヴァンドームは、わずか五十キロしか離れていないのに、母親が六年

幼少時代のバルザック（想像画）

間に二度しか面会に来なかったという事実は、母親の冷淡さを表すものであろう。ここで私たちは、バルザックと母親という難解な問題にぶつかる。後年バルザックは、自伝的な要素を多く含む小説『谷間のゆり』（一八三六）のなかで、母性愛にめぐまれぬ不幸な生い立ちを描いた。

「肉体上の、あるいは精神上のいかなる醜さのゆえに、私は母親の冷酷な扱いに耐えねばならなかったのだろうか。私は、誕生が偶然であり、生きていることそれ自体が呵責《かしゃく》の種であるような、義務によってできた子供だったのだろうか」と、バルザックは主人公に回想させているのだが、ここには、バルザック自身の気持ちが反映されていると、多くの伝記作者は考えている。さらに後年、バルザックはハンスカ夫人宛て書簡の一節で、「私にはかつて母親というものがなかった。（中略）私とローランスは、母の憎しみの対象だった。母はローランスを殺したが、私は生き延びた」（一八四六年一月二日付）とも述べている。

バルザックが書いているように、母親は本当に冷淡だったのだろうか。妹のロールは、兄バルザックも母親も世を去ったあとの一八五八年、『わが兄バルザック』という本を発表したが、そのな

バルザックの父親

バルザックの母親

かで、「子供たちに対する母の情愛は、たえず彼らの上にあった。ただ母は情愛を言葉で示すよりも、行動で示した」と記している。
『谷間のゆり』の記述も、ハンスカ夫人宛て書簡の一節も、多少は誇張を含むものかもしれない。バルザックの生涯のさまざまな局面で、母親はバルザックに対して献身的につくしている。ロールも言っているとおり、母親は、感情をおもてに表すことを好まない人だったのかもしれない。それにバルザックが生まれたころ、この若い母親はひどく忙しかった。一八〇三年、夫ベルナール＝フランソワはトゥール市の医療・厚生施設の総責任者になり、前述したように、トゥール市の助役をも兼任した。二十代なかばの若い母親は、市の名士夫人として社交の集まりに出たり、客をもてなしたりしなければならなかった。

母の恋人

数多い客のなかにはむろん青年もいて、若い名士夫人に言い寄るものも少なくなかった。結婚の翌年（一七九八年）に描かれた肖像画を見ると、母親アンヌ＝シャルロット＝ロールはなかなかの美人である。とりすました冷たいようなところや、なんとなくわがままそうなところはあるが、いかにもパリの由緒ある商家の娘らしく、繊細で品がある。この肖像画は、現在、トゥール近郊サッシェのバルザック館に、夫の肖像画と並べてかけられているのだが、同年に描かれた父親ベルナール＝フランソワの肖像画のほうを見ると、こちらは、革命の動乱をたくみに乗り切ってきた男の風貌で、精悍《せいかん》さそのものである。気品とか優雅さはこの人には無縁である。三十三歳も年齢が離れていただけでなく、夫妻のあいだには、育った環境、気質、考え方などで越えがたい溝があったような気がする。

バルザック夫人と交際のあった青年たちのなかに、ジャン・ド・マルゴーヌという人がいた。バルザック夫人より二歳年下で、トゥール郊外の小さな村、サッシェの館の主だった。美男のマルゴーヌとバルザック夫人との間に恋愛関係があったことは確実で、一八〇七年に生まれたバルザックの末弟、アンリ＝フランソワの父親は、じつはこの人だったとされている。幼いバルザックはむろん母親とマルゴーヌの深い仲など知らなかっただろうが、母親の愛情が不義の子アンリに向けられ、自分はないがしろにされているとは感じたであろう。この感情が、バルザックの心の奥深い部分の傷になったことは間違いない。

家族に宛てられたバルザックの手紙は数多いが、アンリに宛てられたものはきわめて少ない。のみならず家族宛て書簡のいたるところで、妹ロールやローランスへの言及がなされ、妹たちへの情愛が看取されるが、アンリへの言及はきわめて少ない。それもすべて批判的なものばかりである。バルザックの批判的な言葉の背後にあったものは、彼自身の疎外感であったと思われる。もっとも、甘やかされて育ったアンリは生活上の失敗者で、インド洋のモーレシャス島に渡ったが、なにひとつはかばかしい成果を挙げることができなかった。末弟に対するバルザックの批判が、偏見によるものばかりとは言えないゆえんだが、それにしてもアンリの面影をいくぶんでも映し出している作品、たとえば「海辺の悲劇」（一八三五）や「夫婦財産契約」（一八三五）のなかで、アンリが一種の嫌悪感をこめて描かれていることは確かである。

妹ロール

母親が幼いバルザックに対してどの程度冷淡であったかはよくわかないが、末弟のアンリを偏愛したことは確かである。幼いバルザックはそれを自分に対する一種の疎外として受け取った。生涯の始まりにおけるこのような感情は、バルザックの人生に大きな影響を与えたはずだ。『人間喜劇』のさまざまな作品には、無限の愛への希望とその挫折が描かれているが、幼いバルザックの心底にはぐくまれたものは、決して満たされることのない生への渇きだったとも言える。

二十歳のバルザックは妹ロールに宛てた手紙のなかで（一八一九年九月付）、「愛と栄光だけが、ぼくの心の広い場所を満たすことができる」という意味のことを書いているが、孤独な少年であったバルザックの心の奥深くには、「愛と栄光」への並はずれた希望がはぐくまれつつあったのかもしれない。そしてまた、少年時代のバルザックが外界とかかわるよりも、もっぱら夢想と読書にふけったのも、心底の疎外感と関係があったにちがいない。いずれにせよ、ヴァンドーム学院時代のバルザックは、ほとんど自閉症的な傾向と言えるほどに内面に閉じこもり、もっぱら読書にふけったのである。

ヴァンドーム学院に学ぶ

バルザックは、一八〇四年から一八〇七年まで、トゥールのル・ゲー塾に通学生として学んでいるが、この時代についてはとくに記すべきこともない。これに反して、一八〇七年から一八一三年まで在学した、ヴァンドーム学院時代は、バルザックの生涯にとって重要な意味をもっている。これはバルザックの知的目覚めの時代だったからである。

ロワール川（トゥールを流れるロワール河とは別のもの）という小さな川が流れるひっそりとした町ヴァンドームにあったこの学院は、オラトリオ派の修道会が経営するものだった。カトリック修道会の経営であるといっても、とくに宗教教育が重んじられたわけでもなく、経営にあたっていた

ヴァンドーム学院

二人の神父、マレシャルとデセーニュは、二人とも革命政府に忠誠を誓ったいわゆる宣誓司祭で、妻帯していた。革命政府は、神父たちに結婚を奨励していたのである。教育はもちろんキリスト教的な精神にもとづいて行われていたが、自由主義的な雰囲気もないことはなかった。しかし、規則はなかなか厳格で、生徒は在学中家族のもとに戻ることを一切許されなかったし、学業を怠れば革の鞭で指を叩かれたり、小部屋に閉じ込められたりした。

この時代の生活をバルザックは、『谷間のゆり』や『ルイ・ランベール』（一八三二）のなかで詳しく描いているが、これらの作品に記されているところから察するに、バルザックは、学友にも教師にも理解されない少年だったらしい。教師の一人は、「最初の二年間、バルザックからは何も引き出すことができなかった。勉強もしなければ、宿題もしない。命じられた勉学に対するどうしようもない嫌悪。極端に呑気で、しかも無口。意地悪さはないが、ひどく風変わりな生徒」という評価を残している。

しかし、勉学には励まなかったかわりに少年バルザックは、学院の図書室からあらゆる種類の書物を借り出しては読書に励んだ。読書への熱中ぶりは『ルイ・ランベール』にも描かれていて、「そのころから読書は、ルイの場合、なにものもいやすことのできない飢えのようなものとなった。ルイは、あらゆる種類の書物を耽読した。宗教書、歴史、哲学、物理学などの本を見境もなく読みあさった」とある。

『ルイ・ランベール』というこの小説には、驚くべき記憶力、直感力、超能力に恵まれた天才、ルイ・ランベールの生涯が語られ、その思索のあとがたどられている。むろん虚構の部分を多く交えているが、主人公のルイに託して、バルザックが自分自身の少年時代を回想していることは間違いない。それは、自意識に目覚め、みずから進んで知性を働かせることにはじめて喜びを覚える、あの記念すべき時代であったのだ。ヴァンドーム学院時代、バルザックがどのような本を読んだかわかっていないし、『ルイ・ランベール』中に言及されている著者、たとえばスウェーデンボリなどをこの時代のバルザックが読んでいたとも思えない。しかし当時のバルザックに、すでに哲学的な関心があったことは確かであろう。『ルイ・ランベール』や、もうひとつの自伝的小説『あら皮』（一八三一）には、主人公が、少年時代に『意志論』という哲学論文を書いたことが述べられているからである。もっともこの『意志論』は、テキストが残っておらず、はたして本当にバルザックが哲学論文を書いたか否かについては、研究家のあいだで意見が分かれている。しかし、『あら皮』『ルイ・ランベール』という二つの作品で言及されていること、妹ロールが前述の伝記『わが兄バルザック』のなかでそれについて語っていること、さらには、ヴァンドーム学院時代の同級生、アドリアン・ブランの証言もあることなどを考えあわせると、実際にバルザックが、この論文を書いた可能性のほうが高い。

過度の読書のせいでやがてバルザックは、一種の神経症的な症状を呈するにいたった。なにを聞いても返事をせず、目を開けていながら、まるで眠っているかのようになった。あまりにも多くの知識を短時間で吸収したため、心身の発達に不均衡が生じたものであろう。驚いた学校当局は、「昏睡状態《コーマ》」という言葉を使って事態を両親に知らせ、ただちに少年を引き取りに来るようにと命じた。こうして、バルザックのヴァンドーム学院時代は終わりを告げる。一八一三年四月のことで、バルザックはまもなく十四歳になろうとしていた。

二　歴史的背景

パリのマレー地区

パリのセーヌ河右岸にマレー地区と呼ばれる区域がある。かつて十七世紀に、ここは貴族たちの邸宅街だったところで、今でも、書簡文学で有名なセヴィニエ夫人の住んでいた屋敷（現在のカルナヴァレ博物館）など、由緒ある建築物がいくつも残っている。バルザックの母親はもともとこのマレー地区の商家の出身で、ここには親類縁者が多く住んでいた。ヴァンドーム学院を退学したあと、バルザックがこのマレー地区にあるガンセール塾の寄宿生になったのは、たぶんこのような地縁的な理由によるものにちがいない。塾長のガンセールは、ドイツ生まれの神父で、のちにパリ大司教区の副司教となった人である。

バルザックは、一八一三年の初夏、このガンセール塾の寄宿生になったのだが、生徒は、この塾に寄宿しながら、すぐ近くにある公立の学校、シャルルマーニュ高等中学校に授業を受けるために通っていたらしい。ちなみに、ガンセール塾の建物は、パリ第三区のトリニー街に現存し、ピカソ美術館になっている。

フランス革命からナポレオン時代へ

一八一三年、バルザックが、パリに出てガンセール塾の生徒になったころ、フランスの歴史には大きな変化が訪れようとしていた。それはナポレオンの軍事的敗北であり、帝政の崩壊である。ここで、フランス革命から十九世紀初頭にかけてのフランスの歴史をざっと振り返ってみたい。歴史的背景を考慮にいれることなしには、バルザックの生涯も作品も考えられないからである。

フランス革命の末期は、総裁政府時代（一七九五―九九）と呼ばれている。革命政府は、国外でオーストリアやイギリスと困難な戦いを続ける一方、国内的には完全に統治能力を失っていた。何度もクーデターが行われて政治は混乱し、政府が発行したいわゆるアッシニヤ紙幣は、急速に信用をなくしていった。この紙幣は、ついにはメモがわりに用いられたというから、ただの紙よりも安くなったわけだ。

バルザックが生まれた一七九九年は、ナポレオンが、いわゆるブリュメール十八日のクーデターによって権力を手中にした年にあたる。混乱したフランスは、秩序を取り戻すために、一時的にせよ独裁者を必要としていたのだ。バルザックの少年時代は、ナポレオンが皇帝としてフランスに君臨し、イギリス、オーストリア、プロシアなどを相手に次々と勝利をおさめた時代である。最盛期、フランスの勢力範囲は、今日のスペイン、ドイツ、イタリア、ポーランドにまで及び、シャルルマーニュ大帝以来、かつてヨーロッパにその例を見ない、一大帝国を形成した。内政面では、ナポレオンは秩序の回復に意を用い、旧貴族と市民階級の和解を最大の政治課題とした。ナポレオンは、フランス革命の子であり、革命がなければその軍事的天才もヨーロッパの歴史を変えるにはいたらなかっただろう。しかし、自由や平等についてのフランス革命の理想など、ナポレオンはあまり信じていなかった。

革命家たちの美辞麗句を信じなかったかわり、ナポレオンは歴史の真の動因を見抜いていた。フランス革命以来の社会変化の原因をなすものは、市民階級の立身出世欲、もしくは物欲であることを洞察し、混乱は新たなブルジョワ的、市民的秩序の形成なしには収拾され得ないことを知っていた。だらこそナポレオンは、たとえばナポレオン法典の制定によって、市民社会の法的基礎を確立しようとしたのだ。ちなみにナポレオン法典は、『人間喜劇』中のさまざまの物語の制度的基礎をなしている。たとえば『人間喜劇』には、しばしば相続問題が扱われているが、その背景には、長子相続を廃したナポレオン法典がある。またナポレオン法典は、離婚を禁止しないまでも、性格不一致条項を廃し、その可能性をせばめた。さらに王政復古時代になると、離婚は民法上認められなくなった。

バルザックの小説の多くは、王政復古時代（一八一五―三〇）を背景としているが、描かれた不幸な夫婦の物語の数々は、当時、民法上離婚が不可能だったという法制史上の事実を考慮することなしには理解できない。もっとも王政復古時代でも、夫婦の別居は制度的に容認されていた。しかし、この別居制度にしても手続きが煩瑣《はんさ》で、じっさいにはあまり活用されなかったらしい。余談ながら、民法上離婚が認められるようになったのは、第三共和政になってからのことで、一八八四年のことにすぎない。

王政復古時代

バルザックの少年時代は、とりもなおさず、ナポレオンの栄光の時代だったということは重要である。後年バルザックは、カシニ街の自宅の書斎にナポレオンの胸像を飾り、その下に「ナポレオンが剣でなし得なかったことを、私はペンでなしとげよう」と記していたと伝えられている。バルザックの心中になみはずれた栄光への夢をはぐくんだのも、ナポレオンの軍事的成功だったのかもしれない。『人間喜劇』のいたるところに、ナポレオンはその影をおとしているし、中央集権的で強力な政府がバルザックの政治理想だったが、ナポレオン時代の記憶なしには、このような政治理想が考えつかれることもなかったろう。

だがそのナポレオンの権力も、一八一二年のロシア戦役を契機に、急速に衰亡に向かっていった。ロシア領に攻め入った五十万のフランス軍のうち、帰還したのはわずかに二万人だったという。ナポレオンの権力を支えていたいわゆる「大陸軍」は、ロシア戦役によって事実上崩壊したのである。ロシア、オーストリア、プロシアなどの同盟軍は、一八一四年、フランスに進入し、この年の四月、ナポレオンは退位してエルバ島に流される。続いて、外国に亡命していたブルボン王家の人々が帰国して王朝を復活させ、ルイ十六世の弟が即位してルイ十八世となった。これがいわゆる第一次王政復古である。

　この王政復古は翌一八一五年三月、ナポレオンの突然の帰還によって中断される。しかしナポレオンの復権は長くは続かなかった。一八一五年六月、ワーテルローの敗北によって、ナポレオンは最終的に歴史の舞台から姿を消す。第二次王政復古の時代が始まり、それは一八三〇年まで続くのであるが、先にも述べたとおり、『人間喜劇』中の作品の相当部分が、この王政復古時代を背景としている。『ウージェニー・グランデ』(一八三三)、『ゴリオ爺さん』(一八三五)、『谷間のゆり』(一八三六)など、有名な小説の多くが、王政復古時代の物語なのである。

市民社会の成立

　王政復古時代とは、フランス市民社会の成立期である。政治の表舞台でこそ、旧貴族はその権力を回復したが、社会はすでにその本質において市民社会、すなわちブルジョワ社会へと変貌していた。織物業を中心とする工業生産が発達し、イギリスにおけるほど急速ではなかったとしても、資本主義的な生産と流通が、フランスでも始まっていたのである。

　王政復古時代、旧貴族の経済的基盤は土地所有であり、小作料収入であったが、所有はもはや封建的所有ではなく、資本主義的所有であった。すなわち土地は金銭によって自由に売買されるものとなり、王権によって所有を保証されるものではなくなっていた。経済的実力を急速に増してきたブルジョワジーと、王政復古によって政治権力をふたたび手中にした貴族との抗争、これが王政復古時代を通じての一貫した社会対立の構図であり、バルザックが描きだしたさまざまな物語の背景に見え隠れする図式でもある。

法学部の学生

さて、バルザックの父親は、ナポレオン帝政の官僚であったから、一八一四年から一八一五年にかけての政治的混乱は、バルザック家にとっても容易ならぬものだった。だが、ベルナール＝フランソワは、かつて革命の混乱をたくみに切り抜けたように、このたびも要領よく立ち回ったようである。

王政復古後の一八一四年、陸軍糧秣《りょうまつ》部が、民営化されてドゥメール商会の所管になると、ベルナール＝フランソワは、パリ駐在の責任者に任命された。年俸は七千五百フラン、ベルナール＝フランソワはすでに六十八歳になっていた。父親の転勤にともない、バルザック家は、トゥールを引き払って、パリはマレー地区のタンプル街に転居した。

パリ転居後のバルザックは、ガンセール塾ではなく、ルピートル塾に入った。ルピートル塾で九カ月を過ごしたあと、一八一五年九月、ふたたびガンセール塾に戻り、翌一八一六年にバルザックは中等教育の課程を終え、ギヨネ・メルヴィル代訴人事務所に見習い書記として勤務するとともに、この年の十一月、パリ大学法学部に入学した。

II 修業時代——一八一七～二八

一　文学的野心

バルザックと法律

バルザック家は、長男のオノレを将来公証人にするつもりだった。フランスの市民生活において、公証人が果たす役割は、わが国の比ではない。元来は、契約書、遺言書などの内容を保証するのが職務で、その点では日本の公証人と異ならないが、実際には、不動産の売買、相続の執行、資産の管理など、法律実務の広い分野で市民生活にかかわり、社会的地位も高い。ベルナール＝フランソワが、農民の子として生まれながら、たくみに成り上がった人物であることはすでに述べた。いかにも新興市民階級の人らしい堅実さから、長男の職業としては、公証人がもっともふさわしいと考えたものであろう。第一、父親自身が大革命前に代訴人事務所に勤めたことがあり、旧体制《アンシャン・レジーム》時代のフランスで、いわば法律の専門家として国王諮問会議の秘書官をしていた男である。息子を公証人にしようと思ったのもごく自然な成りゆきだったにちがいない。

バルザックは、パリ大学法学部で、民法及びローマ法の講義に出席し、一八一九年一月には、法学得業士の一次試験に合格している。今、仮に法学得業士と訳したが、これは法律を二年間学んだものが取得する資格で、得業士の一次及び二次の試験に合格すると学士の課程に進むことができた。学士の課程に進んだあと、一年の学業をおさめると法学士になり、さらに一年間勉強を続けると博士になるというのが当時の学制だったらしい。ふつう考えられているのとは違って、バルザックがとくに法律の勉強を嫌ったという形跡はない。それに、もし法律を嫌いぬいたとすれば、作品のなかであれほどしばしば法律について語りはしなかったろう。

こうしてバルザックは、一八一六年から一八一九年にかけて、パリ大学法学部に学ぶかたわら、見習い書記として法律事務所に通い、契約書を写したり、資料をととのえたりする仕事に励んだ。後年バルザックは、「社会には、黒い服を着ている人間が三人いる。それは医者と神父と法律家だ。彼らは、美徳と幻想の死を悼みつつ喪に服しているのだ」という意味のことを言っている（『シャベール大佐』一八三五）。

『人間喜劇』のなかには、法律問題を直接題材にした作品が少なくない。『シャベール大佐』、「禁治産」（一八三六）、「夫婦財産契約」（一八三五）などがそれである。見習い書記としてバルザックが見聞した事件のなかには、『人間喜劇』の題材となったものもあったかもしれない。いずれにせよ若いバルザックは、財産をめぐる家庭内の争いなど、社会の醜悪な面に接し、それまでとは異なる目で人間を見るようになったにちがいない。

妹ロールの証言を信ずるなら（『わが兄バルザック』）、バルザックは法律の勉強だけでは満足せず、パリ大学文学部で、当時の有名な哲学者、ヴィクトール・クーザンやヴィルマンなどの講義を聴講していたらしい。さらに次々と哲学書を読みあさってはノートをつくり、哲学論文を書き始めてさえいた。この論文は『霊魂不滅論』と題され、その草稿が現存している。一八一八年から一八一九年にかけて書かれたと推定されるこの論文は、多少ともまとまりのある作品としてはバルザックの最初のものであり、またその内容からしても注目すべきものを含んでいる。

『霊魂不滅論』

内容をざっと見ると、まず『霊魂不滅論』という題名にもかかわらず、これは霊魂の不滅を主張したものではなく、反対にその永遠性に疑問を投げかけようとしたものだ。バルザックは、魂は脳に依存するものだとし、肉体が崩壊する以上、魂のみが不滅であることはあり得ない、とする。また、魂が神の光をわけもつものとすれば、悪人の魂がなぜ存在するか説明され得ないと、バルザックは書いている。

ここに見られる思想は、十八世紀感覚主義の哲学に似たものである。しかしこの論文において、神の存在が否定されているわけではない。「永遠の原理は存在するだろうか。この原理を私は神と呼ぶ」と、バルザックは書いている。注目すべきは、のちのバルザックが繰り返し述べる一元論的な思想がすでにはっきりと現れていることで、「可能なあらゆる実体は、同じ物質の変化したものにすぎない」と、書かれている。魂のような「非物質的実体」「物質なき物質」をいかに説明すべきか、という問題も提起されている。

これはのちに『ルイ・ランベール』（一八三二）において扱われる問題で、『ルイ・ランベール』では、「エーテル物質」とか「磁気的流体」などの概念のもとに、物質であってしかも精神的であるようなものの存在が想定されることになる。ところが「磁気的流体」の語は『霊魂不滅論』のなかですでに用いられており、のちのちバルザックが、その一元論的世界観の基礎とするような思想が、少なくとも萌芽のかたちでは表現されているのだ。

文学志望

一八一九年、バルザックは公証人になるつもりのないことを明らかにし、文学志望を表明した。この年、父親のベルナール＝フランソワは退職して、わずか千六百九十五フランの年金をもらう身になっていた。こういう状態のなかで、息子に突然文学志望を表明されたベルナール＝フランソワの困惑は、相当なものだったにちがいない。哲学の勉強に精を出していたバルザックが、なぜ哲学者ではなく、文学者になることを望んだのだろうか。それは当時、哲学は文学の一部とみなされていたからだ。すなわち、哲学と演劇と詩が文学の三つの大きな分野で、小説は、文学のなかのあまり重要でない部門にすぎなかった。バルザックはまずはじめ哲学を志し、ついで劇作をめざした。小説こそ、自分の野心にもっともふさわしいと自覚するには、数年の試行錯誤が必要だった。しかし、『意志論』を書いたヴァンドーム学院時代も、『霊魂不滅論』を書いたパリ大学法学部時代も、バルザックの志は一貫していたと言える。かなり早い時期から、哲学者、文学者たろうとしていたのであって、一八一九年にいたり、このような文学的野心が決意として表面化したのである。

　こういう野心は、むろん父親の認めるところではなかったが、しかし、ベルナール＝フランソワを、文学に理解のない俗物と考えてはならない。この父親は、ヴォルテールをはじめとする十八世紀文学の愛読者で、中国研究が彼の趣味だった。それに『盗難と殺人の予防法』とか『騙され、棄てられた娘たちによって生ずる顰蹙《ひんしゅく》すべき無秩序についての覚え書き』などといった、風変わりな小冊子を何冊も発表しているこの父親自身、ものを書くことが相当に好きだったにちがいない。これらの小冊子を読んでみると、展開されている論理こそかなり奇妙なものとはいえ、それなりに読ませる文体なのである。

　母親にしても、神秘主義的な宗教書を好んで読み、バルザックが後述の『クロムウエル』を完成すると、ていねいに筆写したくらいの人である。つまり両親は、文学に理解のない人たちではなく、バルザックとの違いは、バルザックが自分の才能を信じたのに対して、両親はそれを信じなかったというところにあったにすぎない。そこで、バルザックに二年間の猶予期間が与えられ、この間に才能を証明すればよし、証明できない場合には公証人になるという約束が、両親とのあいだで交わされたのである。

レスディギエール通りの屋根裏部屋

こうして一八一九年八月、二十歳のバルザックは、パリ、レスディギエール通り九番地の屋根裏部屋にこもり、貧しい生活を送りながら、日夜文学修業に励むことになる。このとき両親が生活費として渡した金額は、年に千五百フランだったとしばしば言われるが、退職後の父親の年金が千六百九十五フランだったことを考えると、いくらなんでも多すぎる。ロジェ・ピエロは、支給されたのは三百二十五フラン程度ではなかったかと推定している（ロジェ・ピエロ『オノレ・ド・バルザック』）。

狭い屋根裏部屋で一人で暮らし、読書と執筆に励んだこの時代は、いわば小説家バルザックの原点である。この時代の生活は、後年のバルザックにとってよほどなつかしかったらしく、『あら皮』や「ファチノ・カーネ」（一八三六）などの作品のなかで、レスディギエール通りでの生活を回顧し、描き出している。

「ラ・フォンテーヌを友とし、ボアローを判定者とし、ラシーヌを模範として」（妹ロール宛て書簡、一八一九年十一月）執筆に励み、疲れれば、遠からぬペール＝ラシェーズの墓地に散歩にでかけた。『ゴリオ爺さん』の主人公ラスティニャックのように、バルザックもまた墓地の小高い丘からパリの市街を見おろしつつ、いつの日か富と栄光を得て、この都をわがものにしようと心に誓ったのかもしれない。この二十歳の青年には、地位も富もむろんなかったが、それ以上のもの、つまり限りない希望があった。

『クロムウエル』

こうしてバルザックが最初に書いた作品が、十七世紀イギリスの政治家、オリヴァー・クロムウエルを題材とする韻文悲劇『クロムウエル』である。いかにも学校を出たての青年の手になったものらしく、型通りに、十二音節で書かれた五幕の古典劇だ。大バルザックの処女作とはいえ、この芝居を読み通すには、相当の忍耐力がいる。

ところで話は前後するが、バルザックがレスディギエール通りの屋根裏部屋で文学修業を始めたころ、バルザック家は、パリ市内のマレー地区から郊外のヴィルパリジスに転居した。父親が、退職したので生活費を節約するためだった。動機はたんにそれだけだったが、引っ越しというものがしばしばそうであるように、ヴィルパリジスへの転居は、結果としてバルザック家の人々の生活に大きな影響を与えることになった。というのも、バルザックはこの町で、最初の恋人ベルニー夫人にめぐり会うことになるし、妹のロールは、夫となるシュルヴィルに出会っているからだ。

『クロムウエル』が完成すると、このヴィルパリジスのバルザック家で朗読会が催された。バルザック家の人々と同家の友人たちが集まり、作者自身による朗読を聞き、作者の才能を判定するためである。朗読が進むにつれて、はじめは期待に輝いていた聴衆の顔は、しだいに退屈と失望を現すものに変わっていった。朗読が終わると、父親がとりなすように、有能な第三者に作品を読んでもらい、公平な判断を下してもらってはどうかと提案した。妹ロールの婚約者のシュルヴィルは、理工科大学に在学していたころ、アンドリューという文学者から文学と文法を学んだことがあった。『クロムウエル』は、シュルヴィルを通じて、アンドリューに託された。バルザックは抜け目なく原稿に、「フランス語の誤りが多少あるが、これはわざとしたものである」と書き添えるのを忘れなかった。

アンドリューという文学者は、今日では完全に忘れられてしまったが、当時はかなり知られた劇詩人で、フランス・アカデミーの会員だった。このアンドリューに、しばらくしてロールは、母親といっしょに会いにでかけた。しかし、アンドリューの意見も家族のものたちの考えとあまり変わらなかった。『クロムウエル』の作者には、悲劇や喜劇を書くよりも、もっと有益な仕事があるはず、というものだったからだ。このときロールは、アンドリューの机上にあったメモをひそかに持ち帰った。そのメモには、「作者は何をしてもよいが、文学だけはよしたほうがいい」と、書かれていたという。

古典劇から小説へ

こうしてバルザックは、文学的才能を証明するのに失敗し、ヴィルパリジスの両親のもとに帰った。しかし、バルザックは少しも落胆しなかったし、自分の才能を疑う様子など見せていない。バルザックが一種の楽天家だったことは間違いない。だからこそ、その後もたびたび事業に失敗し、普通の人間の何倍もの苦労を背負って生きなければならなかったのだ。

『人間喜劇』の作者には、人生の悲惨や、人間性の醜悪さに対する洞察はむろんあった。ただ彼には、そういう絶望を上回る強烈な生命力があったように思われる。『クロムウエル』に失敗したのち、バルザックが文学を諦めなかったのも、やはりそういう情熱の力によってであろう。あるいは青春の夢の力によってだと言っていいかもしれない。ヴィルパリジスに帰ってからのバルザックは、それまで以上に熱心に書き続けた。ただし、戯曲ではなく小説を書いたのである。

一八二〇年末、もしくは一八二一年のはじめごろ、どのようないきさつかはわからないが、バルザックは、ル・ポワトヴァン・ド・レーグルヴィルという人物と知り合った。この人は、貸本屋向けの通俗小説を人に書かせたり、自分でも書いたりしていて、文学者というよりも売文業者と呼ばれるにふさわしい人物だった。当時、本というものははなはだ高価なもので、庶民にとって簡単に買えるものではなかった。そこで貸本屋というものが発達し、少し大きな町ならかならず貸本屋があり、フランス全体では千五百軒を数えたという。この貸本屋向けに、恋愛小説だの、ユーモア小説だの、怪奇小説だのが、大量に生産されていた。前述のレーグルヴィルは、こういう通俗小説作家の一人であった。

このレーグルヴィルの手引きで、バルザックも通俗小説を書くことになったのだが、これらの小説はむろん『人間喜劇』には収められていない。一般に「青年期の小説」と称せられているものであり、そのうちの一つ『ビラーグの跡とり娘』について、バルザックみずから「文学的がらくた」と言っていることからもわかるとおり（一八二二年四月二日付、ロール・シュルヴィル宛て書簡）、文学的価値において、『人間喜劇』の諸作品には比すべくもない。ただし、バルザック研究上きわめて重要な作品であることは言うまでもなく、のちに『人間喜劇』中に描かれている主題とか、登場する人物とかが、萌芽として多々含まれている。そこでこれら初期作品の研究は、近年ますます盛んになっているのであるが、ここにきわめて厄介な問題がある。

偽名で発表された初期作品

それは、これらの小説がいずれも偽名で発表されたものなので、どの作品をもって真にバルザックの手になったものとすべきか、研究家のあいだで議論が分かれているということである。古くはアルベール・プリウーが『「人間喜劇」以前のバルザック』（一九三六）で、一般にバルザックが書いたとされる小説以外に『二人のエクトール』や『シャルル・ポワンテル』など、計八編の小説を少なくとも一部バルザックの筆になるものとし、その後では、バルベリスが『バルザックの源泉』（一九六五）で、『金髪の女』をバルザックの作品とみなした。しかし今日、大方のバルザック研究家によって、バルザックがその一部または全部を確実に書いたとされる「青年期の小説」は、次のとおりである。

すなわち、『ビラーグの跡とり娘』、『ジャン・ルイ』、『クロチルド・ド・リュジニヤン』、『アルデーヌの助任司祭』、『百歳の人』、『最後の仙女』、『アンネットと罪人』、『ヴァン・クロール』、『破門された人』の九編であって、ほかにも書いた可能性は否定しきれないものの、確実な根拠をもってバルザックのものとみなし得るのは、以上にあげた小説である。

ローヌ卿

まず一八二二年初めに、ヴィエレルグレ及びローヌ卿の合作で、『ビラーグの跡とり娘』が刊行された。ローヌはオノレのアナグラムで、バルザックが執筆に参加したことは間違いないが、正確にどの部分がバルザックの筆になるものか、判定するのは難しい。いずれにせよ、十七世紀初頭に材をとって、ビラーグ伯爵家のお家騒動を面白おかしく書いたこの作品は、「青年期の小説」のなかでも稚拙なものと言わざるを得ない。

ついで、再びヴィエレルグレ及びローヌ卿の名前で、『ジャン・ルイ』が発表された。前作と同様に一種の歴史小説で、フランス大革命の直前に材をとり、孤児ファンシェットなる少女が、じつは公爵令嬢であったという物語を軸に、はなはだ錯綜した筋書きからなる小説である。

第三作は『クロチルド・ド・リュジニヤン』で、今回はローヌ卿単独の作品として発表された。戦いに破れて国を失った盲目のキプロス王に一人娘のクロチルドがあり、この娘と謎めいた黒衣の騎士、じつはプロヴァンス伯爵ガストン二世とが結ばれるまでを描いた小説で、一種の歴史小説には違いないが、史実は無視され筋書きは荒唐無稽である。しかし、そこに騎士道的愛の理想のごときものが感じられることもたしかで、少なくともこれは退屈な小説ではない。

オラース・ド・サントーバン

第四作は『アルデーヌの助任司祭』と題され、オラース・ド・サントーバンの筆名で刊行された。この第四作は一八一四年に設定されているから、これまでの作品と違って歴史小説ではなく、現代小説である。ロザン侯爵夫人は、助任司祭ジョゼフに思いを寄せるが、ジョゼフがじつはわが子であることが判明するという筋書きで、秘められた親子関係というメロドラマ風の主題に、ありとあらゆる主題がからみあわされている。多くの研究家が一致して認めているように、ロザン侯爵夫人のうちにはベルニー夫人の人物像が投影されている。のちに述べるバルザックの最初の恋人ベルニー夫人は、『谷間のゆり』の女主人公をはじめ、さまざまな登場人物にその面影を宿しているが、夫人はバルザックの作品に痕跡を残したその当初からして、母として描かれていることに注意したい。

　第五作は『百歳の人』で、これは、若い娘の命を奪うことによってたえず若返り、三世紀にわたって生き続ける超能力の神秘的な老人へランゲルドを描いたものである。暗黒小説の一種であり、幻想的な雰囲気がただよっている。

　以上五作はいずれも一八二二年に出版された。文学的野心とは無縁な通俗小説ではあるが、それにしても一年間に発表される長編小説の分量としては、相当なものだと言わざるを得ない。

　続いて、いずれもオラース・ド・サントーバンの名で、一八二三年に『最後の仙女』が、一八二四年には『アンネットと罪人』が出版されている。さらに、一八二五年には匿名で『ヴァン・クロール』が発表されている。煩雑さを避けるためにこれらの小説の一つ一つについては述べないが、一八二五年に発表された『ヴァン・クロール』について道宗照夫氏は、『人間喜劇』に収められた「作品にくらべるならば、すでにいくらか下位にある」(『バルザック初期小説研究「序説」』)という程度の域には達していると評している。通俗小説を書きながらも、バルザックの腕前は確実に進歩していたのである。

　最後に『破門された人』であるが、十五世紀初頭のフランス及びイタリアを背景とするこの歴史小説については、そもそもバルザックがどの程度関与したものか、長い間疑問とされてきた。しかし、一九八五年にこの小説の約四分の一に当たる部分の自筆原稿が発見され、少なくともこの作品の一部が、バルザック自身の手になることが確実となった。残りの部分は、友人ベロワの手によって完成され、一八三七年にオラース・ド・サントーバンの名で出版されたものである。おそらく一八二四年ごろに書かれたと推定されるバルザック自筆の部分には、すでに『人間喜劇』の最初の作品、『ふくろう党』の作者の片鱗がうかがわれる。トゥール郊外、ロワール河にほど近いロシュ＝コルボン城の若き城主オンベール男爵と、近在のマルムーチエ僧院――この僧院は実在し、現在も訪れることができる――の院長ドン・エリアスの対立を描いたこの部分には、相当に円熟した文体と無理のない筋立て、細部の巧妙な描写などが見られ、同じ歴史小説でも、『クロチルド・ド・リュジニヤン』などより格段にすぐれている。

小説を書き始めてからすでに数年が経過し、バルザックは一人前の小説家としての風格を帯び始めているのだ。それに、他の「青年期の小説」と異なり、バルザックは、『破門された人』を金儲けのために書いたのではなかった。そのころバルザックは、ウオルター・スコットにならってフランス史の各時代について小説を書き、『生彩フランス史』なる総題のもとにまとめようという雄大な計画を練っていた。この計画のために書かれた断章のなかの最大のものこそ、この『破門された人』にほかならないのである。

小説技法の習得

後年、批評家のサント・ブーヴは、バルザックを揶揄《やゆ》して、「青年時代に通俗小説を書きすぎたので、いつになってもバルザックの小説には、通俗臭がつきまとう」という意味のことを言った。十九世紀きってのこの大批評家の言に間違いはないにしても、バルザックは通俗小説を書くことで、小説技法を自家薬籠中のものとし、物語の魅力というものを発見したのである。バルザックは、まるで意図して小説技法を学ぼうとしたかのように、「青年期の小説」のなかでじつにさまざまの小説ジャンルを試みている。歴史小説、恋愛小説、幻想小説、諧謔《かいぎゃく》小説、はては海賊ものや妖怪ものなど、当時流行した通俗小説のあらゆる要素が、そこに見いだされる。

妹たちの結婚

話は前後するが、一八二〇年五月、妹のロールがウージェーヌ・シュルヴィルと結婚した。シュルヴィルは、私生児ながら貴族の血をひき、名門校の理工科大学出身の技師であった。ヴィルパリジスの近くを流れるウールク運河を管理するため、河川技師としてヴィルパリジスに居住していたもので、バルザック家にとっては、申し分のない結婚相手と思われた。しかし、結局のところ、才能、器量においてシュルヴィルは凡庸の域を出ず、終生不遇をかこった。ロールは、このシュルヴィルとの結婚生活に決して満足していたわけではないが、それでも末の妹のローランスに比べればまだましだった。

現在のヴィルパリジス

ローランスは、一八二一年九月、アルマン＝デジレ・ミショー・ド・モンゼーグルという貧乏貴族と結婚した。ローランスよりも十五歳年上のこの貴族は——むろん結婚後にわかったことだが——道楽者で、膨大な借金を抱えていて、しかも新妻をかえりみなかった。ローランスは病に冒され、家庭の不幸に苦しみ、一八二五年に二十三歳の若さで世を去った。のちにバルザックが書く『私生活情景』（一八三〇年初版）の主題の一つは、家庭生活における妻の不幸だが、バルザックは、妹たちの家庭のなかに不幸の種をいくらでも発見できたにちがいない。

ヴィルパリジス

ところで、バルザック家が住んでいたヴィルパリジスのことだが、現在ではもうその家はなく、家があったと覚しき場所には、住宅団地が建てられている。団地に「バルザック」という名前が申し訳のようにつけられているのが、わずかにバルザックを思い出させるぐらいのものである。

ヴィルパリジスは、パリの中心部から東に二十三キロ、ドイツ方面に行く途中の宿駅で、当時の人口は五百人、宿屋が六軒ばかりあったそうである。

今日この町を訪れても、かくべつ目をひくものはないけれども、バルザックの愛読者にとってこれは忘れられない場所である。バルザックが初恋の人のベルニー夫人にめぐりあったのは、ほかでもないこの町だったからである。

三　ベルニー夫人との恋

ベルニー夫人

すでにマレー地区に住んでいたころから、バルザック家はベルニー家と家族ぐるみでつきあっていた。ベルニー氏が、父親のベルナール＝フランソワ同様に、一時期は糧秣関係の官僚だったからである。そもそも、バルザック家がヴィルパリジスに転居しようと思い立ったのも、ベルニー家のすすめがあったからで、ベルニー家は、この町に屋敷を所有し、夏の季節をそこで過ごすならわしだった。バルザックがはじめてベルニー夫人に出会ったのはいつだったのだろうか。まだマレー地区にいたころすでに夫人と出会い、その美しさに魅せられていた可能性がないとは言えない。

一七七七年生まれのベルニー夫人（一七七七―一八三六）は、このころすでに四十代のなかばで、数多い子供たちの母だったが、しかし小柄で若々しく、無邪気な美しさを保っていた。一八一〇年ごろの肖像画が残っているが、まなざしはそこはかとなく憂愁をたたえ、口もとには少女のような愛くるしさがある。その風貌には、いかにも優しい女性らしさが漂っていて、『谷間のゆり』の女主人公モルソーフ夫人とはこの人のことだと思わせるものがある。それだけではなく、ベルニー夫

ベルニー夫人の肖像
(ヴァン・ゴール作)

人はすでに滅びて過去のものとなった、十八世紀フランス宮廷のみやびな雰囲気を身につけている人でもあった。

それというのもベルニー夫人の父親は、ルイ十六世の宮廷つきハープ奏者で、母親は王妃マリー＝アントワネットの女官だったからだ。たんに数多い女官たちの一人だったというにとどまらず、王妃マリー＝アントワネットのもっとも信頼した女性で、のちに王妃が捕われの身となったとき、王妃を牢獄から逃走させようとしたくらいである。そういう母親から生まれたロール、つまりのちのベルニー夫人の名づけ親には、国王ルイ十六世とその妃マリー＝アントワネットがなった。ロールはパリの寄宿学校で育てられたが、ときにはヴェルサイユの小トリアノン宮に王妃を訪ね、王妃の娘のマリー＝テレーズと遊ぶこともあった。そういうとき王妃は、手ずから娘とその友人のためにお茶を入れてくれることもあったという。

一七九三年、ロールはガブリエル・ド・ベルニー(一七六八—一八五一)と結婚した。ガブリエル・ド・ベルニーは、ごく一時期陸軍糧秣部の職にあったが内務省の官僚となり、のちには裁判所の判事を務めた。法律関係の著作も残している謹厳実直な人だったらしいが、この冷静な裁判官と、感じやすく情熱的な夫人とは折り合いが悪かった。

ベルニー夫人はバルザックと知り合う以前にも、コルシカ生まれでリュシヤン・ボナパルト（ナポレオン一世の弟）の側近だった、アンドレ・カンピという人との恋愛を経験している。この恋愛は、一七九九年から一八一五年まで続き、カンピとのあいだに娘ジュリーが生まれている。

ヴィルパリジスで、バルザックはベルニー家をしばしば訪れ、子供たちの一人アレクサンドルの家庭教師までしていた。一八二二年春ごろ、バルザックは、ベルニー夫人に宛てて最初の手紙を書いている。

「あなたの姿がはじめて現れたとき、そこには、心の苦しみに悩む人の美しさがありました。私は、心悩む人を、まずもって愛してしまうのです。私にとって、あなたの憂愁は魅力であり、あなたの不幸は美しさでした」（一八二二年三月ごろ）

もっとも、現在残っているベルニー夫人宛てのバルザックの恋文は下書きであって、送られた手紙そのものではない。手紙そのものは、ベルニー夫人の死後に夫人の厳命にしたがって、息子アレクサンドルの手で焼却されたからである。いかにも初心の恋人らしい生真面目さで、バルザックが手紙を清書して送らなかったら、バルザックがはじめて恋を告白したこの手紙も、それに続く二十七通の熱烈なラブレターもわれわれには読めないところだった。これらのラブレターの文体は生硬で、修辞的ではあるが、しかし無器用なだけに、かえって若いバルザックの情熱を正直に表しているとも言える。

恋人にして母

ベルニー夫人は、バルザックに対して当初母親のような好意をいだいたにすぎなかった。なにしろバルザックの母親自身、すでにベルニー夫人よりも一歳若いのである。二十歳以上も自分より若いバルザックとのあいだに恋がめばえるなど、ありえないこととベルニー夫人には思われたにちがいない。おそらく『谷間のゆり』のモルソーフ夫人のように、ベルニー夫人はバルザックに恋について語るのを禁じ、ただ友情だけを約束したにちがいない。夫人は、だれよりも早くバルザックの才能を見抜いていたし、青年の若々しい情熱に心を動かされないわけではなかったが、しかし、自分にはまもなく老年の日々が訪れようとしていることを、思わないわけにはいかなかった。とくに慎重な女性でなくても、これほどまでに年齢のへだたった若い男性と恋を語ることに抵抗を感ずるのは当然であろう。

しかしベルニー夫人は、結局はバルザックの情熱に負けた。一八二二年の五月、夫人はバルザックに最初の接吻を許したのである。以後、夫人にとって、バルザックは人生のすべてとなった。

「ベルニー夫人は、私の母でした」と、後年バルザックは、ハンスカ夫人宛ての書簡で述べているが（一八四二年十月七日―十月三十一日付）、夫人は恋人であるとともに、母ともなり姉ともなって、あらゆる面でバルザックを助けた。

才能にあふれてはいるものの世間を知らず、挙措動作もいたって粗野だった青年バルザックに、世間知と上流社会の礼儀を教えたのは、この人である。それだけではなく、結婚生活の機微と女心の複雑さを初めて教えたのもベルニー夫人である。バルザックが文壇登場の当初から、『結婚の生理学』（一八二九）や『私生活情景』（初版一八三〇）のなかで、女性心理へのすぐれた理解をしめすことができたのも、ベルニー夫人のおかげであった。

夫人は、バルザックにとって恋人であるとともに教育者でもあったわけだが、人生のはじまりにおいてこのような恋愛を経験すれば、その影響は終生に及ぶ。以後バルザックは、女たちのうちに、母ではないにしても、多少とも保護者的な存在を求めることになる。そしてまた、『人間喜劇』の作品のなかでは、女性の愛情がもし真実のものであるならば、つねに多少とも母性的な傾向を帯びることになる。「男性の最初の恋を満足させるのは、女性の最後の恋だけだ」（『ランジェ公爵夫人』一八三四）と後年のバルザックは書くが、ベルニー夫人は、その愛情によって夫人の最後の恋人の心のあり様を決めてしまったのである。なぜバルザックは、最初の恋人に二十歳以上も年長の女性を選んだのだろう。人生に数多い偶然の一つだとも言えるが、母性愛に恵まれなかったバルザックは、本能的に、女性のなかに母を求めたのかもしれない。

ベルニー夫人の影響

バルザックの作品に対するベルニー夫人の影響には、はかりしれないものがある。『谷間のゆり』（一八三六）の発想の源には、夫人との恋があったと言ってもさしつかえないし、「ことづて」（一八三二）、「ざくろ屋敷」（一八三二）、『棄てられた女』（一八三二）などのすぐれた作品も、ベルニー夫人がいなければ書かれなかっただろう。のみならず、『人間喜劇』に描かれたあまたの女性のなかでも、もっとも気高い女性と言っていい二人の女性、すなわち『谷間のゆり』の女主人公、モルソーフ夫人と『棄てられた女』の女主人公、ボーセアン夫人は、他のだれよりもまず、ベルニー夫人の人となりにもとづいて描かれたのである。

バルザックの作品を今日あるごとくあらしめたものは、時代であり、才能であり、そして作者の多様な経験のすべてであろう。しかし、バルザックのさまざまな人生体験のなかでも、ベルニー夫人との恋愛は、もっとも重要なものの一つだった。してみれば、『人間喜劇』という大きな河の水源の一つは、ベルニー夫人の存在そのものだったのだ。

このような夫人に対して、バルザックが深い感謝の念を抱いたのは当然で、バルザックの書簡集の随所に、ベルニー夫人に対する賛辞と感謝の言葉が見いだされる。バルザックにとってベルニー夫人は、「十四年間にわたって見守ってくれた天使、世俗に汚されたことのない孤独の花、私の星」（ハンスカ夫人宛て書簡、一八三四年十二月二十二日―一八三五年一月四日付）であったし、「私の良心であり、力であり、大空のように一切の上にある人」で、「私が名声や栄誉を求め、野心家となったのも彼女のため」（オーギュスト＝ボルジェ宛て書簡、一八三五年三月一日ごろ）なのであった。

バルザック伝中に登場するあまたの女性のなかで、バルザックをもっともよく理解したのはおそらくベルニー夫人である。のちにバルザック夫人となるハンスカ夫人ですら、愛情と献身において遠くベルニー夫人に及ばない。ベルニー夫人と異なって、ハンスカ夫人には地位とか財産とか、顧慮しなければならないあまりにも多くのことがあった。これに対しベルニー夫人は、一切を捨てて無条件にバルザックを愛したように見える。だがバルザック自身もとうに気がついているように、無条件に愛するということは、母性の本質である。人生のはじまりにおいて、母にも似た恋人を得たということは一種幸福な奇跡だが、バルザックという天才の奇跡は、幾分かは、このような幸福によって説明されるかもしれない。

ベルニー夫人は、その死にいたるまでバルザックに惜しみない愛情を注いだ。しかし、夫人の献身的な愛がもっとも輝いたのは、バルザックが出版業者及び印刷業者として、苦闘していたころではなかっただろうか。この時代は、バルザックの生涯でもっとも苦しい時期だったが、同時にバルザックとベルニー夫人の恋の美しい一ページともなったのである。

四　事業の失敗

出版業をはじめる

すでに書いたように、バルザックは、ローヌ卿とかオラース・ド・サン＝トーバンなどの筆名で多数の通俗小説を書き、それはある程度の収入をもたらしはした。しかしかねてバルザックが夢見ていたような、文学的栄誉をもたらすにはほど遠かった。そもそもバルザックは、名声を得るためにこれらの小説を書いたわけではなく、主たる目的は、経済的自立を得るためだった。

一八二四年ごろ、バルザックはオラース・レソンというジャーナリストと知り合い、その仲立ちで、通俗小説とは別種の売文業、すなわち軽評論のようなものを書くことに精を出すことになる。「長子相続権について」（一八二四）や「紳士法典」（一八二五）などがそれで、これまた通俗小説と同様、もっぱら生活の資を得るために書かれたにすぎない。とはいうものの、これらのエッセーは案外に重要で、のちにバルザックが文壇的名声を得るきっかけとなる『結婚の生理学』にしてからが、じつはこうした軽評論の延長上にある作品なのである。

今日これらの軽評論は、バルザック研究上きわめて重要なものとなっているが、それは、『人間喜劇』の背骨とも言うべき社会観察が、萌芽としてそこに現れているからである。しかしそれは、今日だから言えることで、軽評論を書いた当の本人、つまり二十歳代半ばのバルザックにとって、これらの評論はそれまでさんざん書いた通俗小説と同様、自分の業績として到底満足し得るようなものではなかった。このころのバルザックが、自分の文学的才能に絶望はしないまでも、手っ取り早く成功と富を手中にするため、文学以外の分野を模索する気になったとしても不思議はない。

一八二五年、バルザックは出版業をはじめた。たまたま知り合いの出版業者のユルバン・カネルが、モリエール全集とラ・フォンテーヌ全集の縮刷版を出す計画を立てていて、バルザックはこの企画に参加したのである。のちにサルディニアの銀鉱開発を企てたことからもわかるように、バルザックには、一攫千金《いっかくせんきん》を夢見るところがあった。しかしながら、この種の企てにおいてバルザックはつねに失敗している。おそらくバルザックは、実業において成功するには想像力がありすぎたのである。

青年時代のバルザック
（ドゥヴェリヤ作）

ところで、出版の企画に参加するためにはむろん出資しなければならない。バルザックは、知人やベルニー夫人から資金を借りた。しかし、出版されたラ・フ

現在のヴィスコンチ通り

ォンテーヌ全集の売れ行きは思わしくなかった。事業の先行きがはかばかしくないのに気づいた共同出資者たちは、資本の持ち分を喜んでバルザックに譲ったから、バルザックは結局ただ一人残って出版業を続けなければならなかった。ボードワンという出版業者が、ラ・フォンテーヌ全集の残部をそっくり引き取ったが、渡された手形は、破産しかかった会社が振り出したものばかりで、資金の回収などとても覚束ない。そこでバルザックが考えたことは、出版業だけでなく、印刷業もあわせて経営するというものだった。経費の節約になるだけでなく、印刷業自体の利益が、出版業での損失を償ってくれるはずだった。バルビエという印刷技術者が協力を申し出たのを幸いに、バルザックは、パリ左岸のマレ＝サン＝ジェルマン通り（現在のヴィスコンチ通り）にあった印刷工場を買い取って、自分自身もそこに引っ越した。

印刷業者バルザック

パリのこのあたりは、現在でも十九世紀の雰囲気を残しているところで、一歩横丁に入ると、小さな通りの両側に古びた建て物が迫り、ひっそりとして薄暗い。マレ＝サン＝ジェルマン通りもそういう狭い横丁の一つで、バルザックは、一八二六年の夏にこの狭い横丁で印刷業をはじめたのである。
六万フランの資金が新たに必要となったが、それは知人と、例によってベルニー夫人から借りることができた。バルザック自身の住宅は二階にあり、一階が印刷工場だった。印刷機がたてる騒音や、ひっきりなしにやってくる借金取りに悩まされながら、バルザックは社会と、いや人生それ自体と戦っていたのである。そしてこの戦いにおいて、バルザックを支えてくれたのがベルニー夫人で、夫人は毎日のようにここを訪れて、バルザックを慰め励ました。十年ばかりののち、バルザックはこの時代を回顧して、次のように書いている。

「ベルニー夫人は、私にとって神のような存在でした。夫人は、母であり、恋人であり、家族であり、友人であり、忠告者でした。(中略)夫人は、姉のように泣きました。彼女は、恵み深い眠りのように毎日訪れて、苦悩をやわらげてくれたのでした」(ハンスカ夫人宛て書簡、一八三七年七月十九日付)

しかし、ベルニー夫人の励ましにもかかわらず、印刷業はうまくいかなかった。その原因は、やはりバルザック自身にあったというほかはない。バルザックは、会社の経理と自分個人の出費とを混同する困った癖があり、しかもこのころからすでに浪費癖を発揮しはじめていた。印刷代の決め方にしてからが気紛れで、気に入った人物の仕事ならただ同然で引き受ける一方、それほどでもない相手には高い代金を請求した。苦情が殺到し、収入はなく、請求書だけが欠かさず届けられた。そもそもバルザックに、収益とか原価とかいった概念があっただろうか。

要するに、このときバルザックは、その後のバルザックがいかんなく示す性格上の特色、あえて言うならば実生活上の無能力をはっきりと見せてしまったのだ。バルザックは、作品においてこそ現実に対する透徹した洞察力の持ち主だったが、実生活においては、そのような洞察力は少しも発揮されなかった。

印刷業者、兼活字鋳造業者

印刷業がうまくいかないことがわかったときにバルザックの考えたことは、印刷に要する費用を節約するため、活字鋳造業もあわせて経営することだった。さらに借金が追加され、一八二七年七月、アンドレ・バルビエとジャン＝フランソワ・ローランを共同出資者として、活字鋳造会社が設立された。しかし、職人の給料は払われず、債権者が押しかけてきていた。バルザックの事業になんの見込みもないことは、だれの目にも明らかだった。一八二八年二月、バルビエは事業から手を引き、印刷業については、バルザックが唯一人の出資者として残り、活字鋳造業についてはバルザックとローランとベルニー夫人を共同出資者とする新会社が設立された。

しかしこの年の三月、債権者に追われたバルザックは、マレ＝サン＝ジェルマン通りの印刷工場から姿を消し、四月にはカシニ通り一番地に三室からなるアパルトマンを借りている。ちなみにベルニー夫人は、活字鋳造業に対する自分の出資分を息子のアレクサンドルに引き継がせたが、この会社は繁栄し、フランス最大の活字鋳造会社となった。この会社が、写真植字の普及によってついに解散に追い込まれたのは比較的最近で、一九七二年のことにすぎない。

母親のいとこにあたり、有能な商人であったシャルル・セディヨの手で一切の業務が精算されたとき、バルザックの手に残った借金は約六万フランで、このうち五万フランはバルザック家に対するものである。六万フランを、仮に一フラン五百円としてごく大雑把に換算すると、三千万円ということになる。一般に収入が少なかった当時としては、これは相当に重みのある金額だったろうと思われる。しかしこの借金は、バルザックの全生涯をたえず債鬼に追われる惨憺たるものにするほどの額でもない。第一、六万フランのうち五万フランは両親に対するもので、ただちに返済を迫られるような性質のものではなかった。

やや古いことになるが、ブーヴィエ及びメーニエルという二人の研究家が、バルザックの経理関係の書類をことごとく調べ、年ごとの収支を綿密に計算したことがある。『バルザックの劇的会計』（一九三八）と題されたこの研究によれば、業務を精算してバルザックに残った六万フランの借金は、その後小説家として成功したバルザックにとっては、容易に返済できる程度のものだった。しかし不思議なことに、バルザックは借金の額が減ってくると、あたかも借金がなくなるのを恐れでもしたかのように、つねに無意味な浪費を重ねたという。

バルザックに終生つきまとった借金の原因は、青年時代の事業の失敗にあったのではなく、もっぱら浪費癖にあり、バルザックにとって借金は、執筆活動に必要な刺激剤であった、とこの研究は結論づけている。

III　文壇への登場——一八二九〜三一

一　新たな文学的出発

文学への復帰

出版業や印刷業から活字鋳造業まで手を広げて、そのことごとくに失敗すれば弱気になるのが普通だろうし、六万フランの借金を背負えば、少しは倹約家になって当たり前である。しかし、このころのバルザックには、あまり落胆した様子がない。それどころか浪費癖も相変わらずで、印刷工場から引っ越した先のカシニ通り一番地の住宅に高価なカーペットを敷いたり、マホガニーの書棚を買い入れたりしている。そして、ほとんど嬉々として小説の執筆を再開した。

「ひと月以来、私は、きわめて興味深い歴史的作品のいくつかにとりかかっています」と、バルザックは、ジルベール・ド・ポムルール男爵宛ての書簡（一八二八年九月一日付）に書いている。ここで、「歴史的作品のいくつか」と複数形が用いられていることに注意しよう。先にも書いたとおり、バルザックは実業に乗りだす前に、『生彩フランス史』なる総題のもと、フランス史の各時代について小説を書く計画を立てていた。出版業、印刷業、活字鋳造業などのいずれにも失敗して文学に復帰したバルザックが、歴史小説の執筆にふたたびとりかかったのは、自然な成り行きだったと言える。ただ当初の段階では、どの時代についていかなる物語を書くべきかが、バルザックにはわかっていなかった。

しかし、やがてバルザックの決心はかたまり、フランス革命末期のブルターニュ地方の反革命反乱を題材とすることになった。歴史小説といっても、この時代ならわずか三十年以前のことにすぎず、資料研究も容易なら、生き証人を探すこともできるとバルザックは考えたのであろう。だが小説を書くためには、なによりもまず現地を訪れなければならない。そこで、さきほどその一節を引用した、ポムルール男爵宛ての手紙が書かれたわけである。

この男爵の父親のフランソワ＝ルネ・ド・ポムルール将軍は、かつて、トゥールを中心都市とするアンドル＝エ＝ロワール県の知事を務めていた人で、バルザックの父親と親交があった。将軍はすでに世を去っていたが、その息子のジルベールとバルザック家は交際を続けていた。ブルターニュ地方の町フージェールに居住し、城館をいくつも所有しているポムルール家に滞在して現地調査を行おうとバルザックは考えたのだった。

『ふくろう党』

幸いにもバルザックの依頼は、こころよく受け入れられた。一八二八年の九月下旬から十月下旬まで、バルザックはフージェールのポムルール家に滞在している。バルザックに与えられた部屋からは谷間と森が見晴らせ、かなたにはラ・ペルリーヌの丘が見えた。

このラ・ペルリーヌの丘、ポムルール家の所有するフージェールの城館、同じく同家が所有するマリニーの館などは、いずれも小説『ふくろう党』のなかでくわしく描かれることになる。

ポムルール男爵は、バルザックに反革命的反乱のいくつものエピソードを語り聞かせただけでなく、フージェールの町やその近辺を案内し、おそらく反乱の生き残りの人々にも会わせたにちがいない。こうして一七九九年のブルターニュ地方を舞台とする歴史小説『ふくろう党』は、バルザックがフージェール滞在中に書きはじめられ、一八二九年三月、ユルバン－カネル書店からオノレ・バルザックの名で刊行された。これは、バルザックが実名で刊行した最初の小説であり、かつ『人間喜劇』収録の作品中で、刊行年代のもっとも早いものである。

『人間喜劇』に収められたテキストのなかに、『ふくろう党』よりも以前に書かれたものがまったくないわけではない。たとえば、『結婚の生理学』（一八二九）のある部分の執筆は、一八二四年までさかのぼることが知られている。しかしながら、テキストの一部ではなく作品全体として見るなら、『ふくろう党』こそ『人間喜劇』の最初の作品であって、その意味でこれはバルザックの新たな文学的出発を告げるものだと言わなければならない。

すでに述べたように、『ふくろう党』はフランス革命末期の反革命的反乱を扱ったものである。ブルターニュ地方は、その南にあるヴァンデ地方とともに、最後まで革命政府に抵抗した地方であり、ブルターニュ地方の反乱はふくろう党、ヴァンデ地方の反乱はヴァンデ党と呼ばれた。イギリス政府のひそかな支援のもとに反乱を指揮する貴族たち、森にひそみ谷間に隠れ、執拗かつ頑強にゲリラ戦を続ける農民たち、『ふくろう党』に描かれているのはそういう戦闘の数々である。今日、この小説が『人間喜劇』中の『軍隊生活情景』に分類されているのも故なしとしないわけだが、同時にこの小説は、かつてバルザックが書こうとした『生彩フランス史』の膨大な計画の一部だったと言うことも忘れるべきでない。もちろん歴史小説の計画は、『ふくろう党』のほかには、十六世紀を扱った『カトリーヌ・ド・メディシスについて』(一八四四)ほか若干の作品中にわずかに形骸を残す程度であって、『人間喜劇』は全体として見れば歴史小説ではなく、あくまでも同時代についての小説である。

歴史小説の手法

しかしながら、『人間喜劇』の最初の小説が歴史小説だったということは重要である。『人間喜劇』中の小説はことごとく明確な時代背景のなかに位置づけられ、登場人物の情念は、歴史や社会の動向と関連づけられている。のみならず、主人公たちの多くは、社会的な典型と言っていい人間たちで、ある時代の特定の階層の精神を体現する者として描き出されている。『人間喜劇』全体が、言うならば歴史小説の手法を過去にではなく、同時代にあてはめたものなのだ。

若いバルザックが歴史小説を志したのは、当時流行していたウオルター・スコット風歴史小説のひそみにならったもので、現にこの時代の歴史小説としては、ヴィニーの『サン＝マール』（一八二六）、ユゴーの『ノートルダム・ド・パリ』（一八三一）などの名作が知られており、いずれもウオルター・スコットの影響下に書かれたものである。しかし、歴史小説の方法を同時代にあてはめたのは、バルザックの独創である。執筆の時点からみて、わずかに三十年をさかのぼるにすぎないフランス革命末期に小説の材を求めたのは、執筆上、そのほうが容易だったからにすぎない。けれども、近い過去についての歴史小説を書くことで、バルザックは、当人はまだ気がついていなかったかもしれないが、「十九世紀風俗研究」としての『人間喜劇』のほうに向かって、確実に一歩を踏み出していたのである。

先ほど述べたバルザック小説の特色、つまり明確な時代背景のもとに社会的典型としての主人公が描かれている点などは、むろん『ふくろう党』にもはっきりと現れている。反乱軍ふくろう党の総指揮者モントーラン侯爵は、旧貴族の典型だし、廉直なユロは共和国軍人の精神を体現し、マルシャ＝テールは、無知で獰猛《どうもう》な農民の典型なのである。

反乱軍を鎮圧するためフージェールにおもむく政府軍と、農民ゲリラとの激突でこの物語ははじまる。だが政府側は、反乱軍の総指揮者モントーランを殺害するため、軍事的手段以外の方法も用意していた。モントーランを色仕掛けで籠絡《ろうらく》するため、絶世の美女のマリー・ド・ヴェルヌーユがひそかに差し向けられていたのだ。しかし、モントーランとヴェルヌーユ嬢は、ひと目見たときからたがいに好意を感じ、本来は仇どうしの二人は熱烈な恋人になってしまう。フージェール城でひそかに二人の結婚がとり行われ、一夜をともに過ごしたあと共和国軍の銃弾に撃たれて二人は死ぬ。

筋書きからもわかるとおり、『ふくろう党』は歴史小説であるとともに恋愛小説であり、主人公たちの愛と死の物語である。個人の強烈な情念と、その前に立ち塞がる苛烈な社会的・歴史的現実という、『人間喜劇』の作品の多くに見られる図式が、『ふくろう党』にすでに現れている。

父親の死

『ふくろう党』は、前述のように一八二九年三月に刊行された。刷り部数は千部であったが、年末になっても約五百部が売れ残っていた。商業的にみれば、『人間喜劇』のこの最初の作品は成功とは言えなかった。

この年、バルザックの父親が死去した。八十二歳だった。ラファルジュ式トンチン年金という妙なものに加入していたこの父親は、百歳まで生きるつもりで養生を怠らず、あらゆる肉体的活動は生命を消耗させると信じて部屋にこもっていた。なぜなら、この年金の出資者は、自分以外の加入者が全員死亡した時点で、資金のすべてを自分のものにし得ることになっていたからだ。父親のこの風変わりな夢は実現されなかったが、長寿への願望と、生命についての独特な哲学は、息子オノレの小説『あら皮』（一八三一）や「長寿の霊薬」（一八三〇）などに反映されている。生命とは一定のエネルギーであって、生命を激しく燃焼させて短命に終わるか、おだやかに生きて長寿をまっとうするかの二つに一つしかない、とするこのかなり非科学的な考え方は、『あら皮』の主題そのものだからである。

ダブランテス公爵夫人

『ふくろう党』の売れ行きは思わしくなかった。しかしこの作品が、貸本屋向けの通俗小説とまるでちがうことは、読者にはやはりわかったのである。一部の読者のあいだにバルザックの名が知られるようになり、新進作家としてあちこちのサロンに招かれるようになった。しかもそれらのサロンのなかには、レカミエ夫人のサロンのように、パリの最上流階級の人々が出入りするものも含まれていた。バルザックは、『ふくろう党』の刊行によって自分の社会的地位が変わりつつあるのを感じたにちがいない。

すでにたびたび述べてきたように、バルザックの出身階層は新興市民階級であったが、それだけにかえって上流階級への俗物的あこがれには強いものがあった。バルザックが恋人として選んだ女性の多くが上流階級に属していたという事実が、なによりも雄弁にバルザックのあこがれを物語っている。

『ふくろう党』刊行のころ、ベルニー夫人はつねに変わらぬバルザックの忠実な恋人であった。しかしバルザックのほうは、しばらく前からもう一人の女性とも交際していた。この女性の名をダブランテス公爵夫人（一七八四―一八三八）という。

ダブランテス公爵夫人

コルシカ育ちのダブランテス公爵夫人は、ナポレオンの幼なじみであった。ナポレオンが第一執政に就任するとともに側近の一人となり、マルメゾン宮で女官として仕えた。ナポレオンの腹心でパリ総督のジュノー将軍と結婚、ナポレオン時代にははなやかな生活を送っていたが、ナポレオンの失脚とともに没落した。しかし、かつての栄耀栄華が忘れられず、サロンを主宰するなどして派手な生活を送り続けていたため、経済的にはかなり困っていたらしい。『回想録』（一八三一―三五）全十八巻を執筆、刊行したについては、おそらく経済的な理由も相当あったものと思われる。

バルザックが、ダブランテス公爵夫人とはじめて知り合ったのは、一八二五年のことである。当時、妹のロール・シュルヴィルはヴェルサイユに居住し、ダブランテス公爵夫人もこの同じ郊外の町に住んでいた縁から夫人とのあいだに交際がはじまり、やがて、有名なこの公爵夫人を兄のバルザックに紹介したのである。ダブランテス公爵夫人は、むろん由緒ある大貴族の夫人などではなく、ナポレオンによって取り立てられた、いわば成り上がり貴族の夫人にすぎない。それでも公爵夫人にはちがいないから、ダブランテス公爵夫人の恋人になることは、バルザックの貴族趣味を大いに満足させたにちがいない。

それに、ナポレオンのすぐ近くで半生を過ごしたこの中年の女性は、ナポレオン帝政時代についての数多くのエピソードに通じていた。夫人が書いた『回想録』は、非常に面白いもので、ナポレオンや、ジョゼフィーヌ妃の私生活が生き生きと描き出されている。当時の多くの人がそうだったように、バルザックもナポレオンの崇拝者だったから、今はすでに過去のものとなったナポレオン時代の思い出話は、若いバルザックを大いに喜ばせたはずだ。『人間喜劇』では、随所にナポレオンにまつわる挿話がちりばめられているのだが、バルザックはそれらの多くを、直接、夫人の口から聞いたにちがいない。

社交界への登場

さきにも書いたとおり、『ふくろう党』を刊行したあとバルザックは、パリの社交界に出入りするようになった。バルザックが招かれたサロンの多くは、女流作家ソフィー・ゲー（一七七六―一八五二）のサロン、ヴィクトール・ユゴーのサロンなど、いわゆる文学的サロンであったが、なかには、レカミエ夫人（一七七七―一八四九）のサロン、バグラッシオン夫人（一七八三―一八五七）のサロンなど、貴族的色彩の濃いサロンもあった。

とりわけ一世の美貌をうたわれ、多くの著名人に思いを寄せられたレカミエ夫人のサロンは、格式の高いサロンとして有名だった。ダブランテス夫人の紹介で、このサロンに出入りできるようになったバルザックの得意や思うべしである。画家で美術評論家でもあったエティエーヌ・ドレクリューズ（一七八一―一八六三）は、はじめてレカミエ夫人のサロンにやってきた折りのバルザックの様子を次のように記録している（『六十年の回想』一八六二）。

「家の女主人（引用者注　レカミエ夫人のこと）に紹介されたあと、バルザックが見せた無邪気な喜びようは、まるで子供のようだった。この人が、居合わせたすべての人に抱きつかないためには、彼に残されたわずかな理性の働きをかりなければならなかった。この極度の満足は、もしも心からのもので、しかも率直に表現されたものでなかったら、滑稽ですらあったろう。しかし、真実な感情というものは、つねに人を感動させるものだ。この情景は、いささか滑稽なものとはいえ、エティエーヌ（引用者注　筆者ドレクリューズのこと）の脳裏に、もっぱらバルザックの人柄にたいする好意的な思い出を残した」

まともな文学者として文壇に登場し、ようやく上流階級のサロンに出入りするようになったバルザックの喜びようが、目に見えるようではないか。

二　ジャーナリストとして

『結婚の生理学』

バルザックの名は、『結婚の生理学』の刊行によってさらに知られるようになった。この作品が、そのスキャンダラスな内容によって物議をかもしたからである。今日、『人間喜劇』中の『分析研究』に収録されているこの作品は、題名によっても明らかなごとく小説ではない。

当時、ブリヤ・サヴァランの『味覚の生理学』（一八二五）など、いわゆる「生理学もの」が流行し、「生理学」の題名のもとに、特定の主題について、軽妙洒脱な筆法で論ずるのがはやりだった。おびただしい数にのぼるこれら「生理学もの」は、肩のこらない軽評論であり、ハウツーものでもあった。この流行にあやかり、女性と結婚について皮肉と諧謔を交えつつ語ったのが、『結婚の生理学』である。初版刊行は一八二九年であるが、それより早くすでに一八二六年に、バルザックは自分の経営する印刷所でその原形、すなわち『結婚の生理学初稿』と言われているものをなぜか一部だけ印刷した。そして三年後、バルザックは、一般に流布されなかったこの初稿をもとに大幅な修正を加え、約二倍の分量にしてふたたび刊行したのである。

さて『結婚の生理学』は、その大胆な内容によって物議をかもしたのだが、今日になってみると、論旨ははなはだ穏当である。その内容は、第一にまず当時一般に行われていたブルジョワ的結婚に対する批判である。金銭的・社会的利益を主眼とした結婚の被害者は、誰よりも女性であって、女性は感情の満足や心の幸福を願わずにはいられない以上、当然夫以外の男性との恋愛に走ることになると作者は言う。『結婚の生理学』は、ある意味では女性の幸福への権利を擁護し、妻の不倫を正当化した書とも言える。『私生活情景』をはじめとして、『人間喜劇』のいたるところに社会制度の被害者としての女性が描かれ、妻たちのあまたの不幸が同情をこめて表現されているのだが、その原点は、この『結婚の生理学』にある。第二に、女性が不幸な結婚生活におちいらないため、女性に十分な教育を与え、とくに娘時代には男性と自由に交際させて、男性に対する識別眼を養うべきことが主張されている。

これらの主張は、今日から見れば当然なものにすぎないが、当時の民法の規定によれば、女性は単独では法律行為をなし得ず、ほとんど未成年者に等しい扱いを受けていたことを思うなら、かなり斬新な議論だった。また未婚時代の女性には、男性との交際は厳しく禁じられていたのみならず、およそ世間や男女関係についての知識は少しも与えられていなかったことを考え合わせれば、バルザックの主張が、多くの女性の共感を得たことも理解できる。こんなわけで『結婚の生理学』には、一種のフェミニズムが見られると言ってよいが、ただしそれはあくまでも家庭という枠内での幸福への権利を女性のために主張したもので、家庭制度そのものをゆるがせるような女性の自由は、到底バルザックの容認し得るものではなかった。

『私生活情景』の刊行

『結婚の生理学』の問題意識、つまり結婚の失敗とその結果としての女性の不幸という主題は、『私生活情景』に収められた短篇の多くにも見られる。一八三〇年刊行の『私生活情景』初版に収められた作品は、「仇討ち」、「ゴプセック」、「ソーの舞踏会」、「鞠打つ猫の店」、「二重家庭」、「家庭の平和」の六篇で、全二巻からなっていた。一八三二年の再版では、さらにに「財布」、「別れ」、「トゥールの司祭」、「逢い引き」、「贖罪」その他計九篇が追加され、全四巻をなすにいたった。これらの短篇の多くはまず雑誌に発表され、ついで単行本に収められたもので、このころからバルザックは、作品発表のこういう新しい形態を用いるようになった。

さて『私生活情景』の内容であるが、収められた作品の全部とは言わないまでも大部分は、先にも述べたとおり、結婚生活における女性の不幸を描いていると言ってよく、その意味では『結婚の生理学』の応用篇、もしくは実例集のおもむきがある。ただし女主人公たちは、かならずしも親の強制や打算によって結婚させられた女たちではない。むしろ逆に、みずからの情熱に忠実であったがゆえに、かえって不幸になった女たちである。

たとえば、「鞠打つ猫の店」の女主人公のオーギュスティーヌは毛織物販売業者の娘だが、身分も育った環境もまったく異なる男性、テオドール・ド・ソメルヴューという画家と恋をする。二人は、結婚の当初こそ幸福な日々を送るものの、やがて夫は自由な芸術家気質を理解しない妻に飽き、妻をないがしろにするようになる。見棄てられたオーギュスティーヌは、病に冒され、夫を愛し続けながら二十七歳の若さで死ぬ。この短篇では、社会階層の異なる男女の結婚がいかに危険であるかが示されていると言ってよい。

「逢い引き」の主題はさらに深刻である。ナポレオンの副官デーグルモン大佐の美貌にひかれ、父親の反対を無視して結婚したジュリーは、やがて夫の鈍感で粗暴な性質に耐えられなくなり、健康さえ害するにいたる。その結果ジュリーは、かねて彼女に思いを寄せていたイギリス人の青年アルチュールと恋仲になる。しかし、ジュリーとの密会の現場を夫に押さえられたアルチュールは、恋する人の名誉を守るため、バルコニーに身をひそめ、寒気のなかで一夜を過ごしたために、命をおとす。愛する男性を自分のために死なせてしまったジュリーは、以後いやされぬ苦悩を抱いて暗澹たる日々を送ることになる。この作品では、不倫の恋がいかに危険なものかが描かれている。女性は結婚によって不幸となり、夫以外の男性に恋することによってさらに不幸になる。なぜならジュリーの娘エレーヌが述懐しているように、「法の外において幸福などは決してない」（「贖罪」、現行の『三十女』第五章）からである。

当時、不倫は法による処罰の対象となっていたから、『私生活情景』の作者の立場は、社会常識にのっとっていたということに一応はなる。ただし、法や道徳の埒外で生命の輝きを放つ不倫の恋の美しさが、『私生活情景』中のいくつもの作品において描かれていると言えなくもない。のみならず、先ほど紹介した「鞠打つ猫の店」の女主人公のオーギュスティーヌにしても、たしかに彼女は、みずから選んだ男性との結婚によって不幸にはなるのだが、しかし、結婚当初の幸福な生活を思い出して次のように考えるのである。

「結婚当初の無上の喜びを思うとき、オーギュスティーヌは、過ぎ去った幸福のいかに大きかったかを理解した。そしてこれほどの豊かな愛のとり入れは、一生涯のすべてにも値するもので、その代価を不幸によって支払わされても仕方がないと内心、思うのだった」

一方オーギュスティーヌの姉のヴィクトリーヌは、自分の店の番頭と平凡な結婚をし、日常の幸福を手に入れる。二人の姉妹の人生を対照的に描き出しつつバルザックは、かならずしも姉のヴィクトリーヌの常識的生き方に与《くみ》しているわけでもなさそうである。

『私生活情景』初版所収の「仇討ち」の女主人公ジネヴラにしても、父の反対を押し切って恋するルイギ・ポルタと結婚し、結果として貧窮のうちに死んでいくのだが、バルザックは、薄幸の恋人たちというべき彼ら二人の美しい愛情を描くのに筆を惜しんでいない。たとえ世の掟にさからうものであろうと、また結果として死に至るものであろうとも、人を愛することの美しさと至福にまさるものはない——『私生活情景』の作者はそう感じていたにちがいない。

個人の情念と社会の掟という二律背反は、『人間喜劇』のいたるところに見られる主題で、とくに結婚についてこの主題が深化されるとき、のちに『二人の若妻の手記』（一八四二）のような作品が書かれることになる。

だがこの書簡体小説にいたると、作者は個人の情念の側にではなく、はっきりと社会の側に立ち、家庭生活の堅実な幸福を讃美するにいたる。しかし、一八三〇年初版、一八三二年再版の『私生活情景』の段階では、作者はまだそのような立場に立っていない。若いバルザックは、『ふくろう党』におけるのと同様、『私生活情景』においても、少なくとも心情的には個人の情念の美しさを讃美してやまない人だった。

『私生活情景』の位置

『私生活情景』は、バルザックが、作品を単独なものとしてではなく、作品群としてまとめた最初のものである。さらに『地方生活情景』、『パリ生活情景』などその他の「情景」がつけ加えられ、全体として『人間喜劇』という雄大な世界が構成されるにいたるのだが、それはまだ先の話である。だが『私生活情景』は、『人間喜劇』中で最初にまとまりを見せた作品群として意味深い位置を占めている。それだけでなく、この作品群には小説技法の点からも注目すべきものがある。それは、『私生活情景』では街なみの様子、家々のたたずまい、部屋の内部、登場人物の衣服、顔の表情などが、微にいり細をうがって描かれるようになっているからだ。

要するに、バルザック小説の特色である微細な描写が作品に現れるのは『私生活情景』以降のことであり、作者はむろんそのことを意識していた。なぜなら、『私生活情景』初版序文中でバルザックは、こういう手法をオランダ派絵画の細密な描写にたとえ、この一種の冗舌を許してもらいたいと読者に向かって訴えているからである。

のちにバルザックは、『人間喜劇』総序文（一八四二）のなかで、「小説は、崇高なる虚偽にもかかわらず、細部によって真実でなければ何ものでもないだろう」と誇らしげに述べるのであるが、この「細部の真実」は、『私生活情景』のなかではじめて、いくぶんかおずおずと表現されたものなのである。

七月革命

『私生活情景』初版刊行の年、つまり一八三〇年にいわゆる七月革命が勃発する。王宮は占拠され、ブルボン王家の人々はふたたび亡命を余儀なくされた。かわって政権の座についたのは、ブルボン王家の傍系にあたるオルレアン家のルイ・フィリップで、一八一四年の「憲章」は、より自由主義的なものに改正され、検閲制度や上院議員の世襲制などは廃止された。三百フラン以上の高額納税者にだけ与えられていた選挙権は、二百フラン以上の納税者に与えられるようになり、これによって有権者総数は二倍になったと言われるが、それでも二十万人前後で、全人口三千五百万人中の約〇・五パーセントにすぎなかった。

この政権は本質において、銀行家と大ブルジョワの権力で、フランス・ブルジョワジーは、七月革命以後名実ともに社会の中心的な勢力となった。社会そのものはとうに資本主義化しているのに、政治権力のみが旧貴族の手中にあるという王政復古体制の矛盾は、これによって修正されたことになる。ただし有産階級による支配が、新たな不平等と新たな不正を生み出したことは言うまでもない。

バルザックは、政治においてあくまでも冷徹な現実主義者であって、「平等」や「自由」といった美辞麗句を信ずるような人間ではなかった。

「社会が存在して以来、政府とはつねに必然的に、貧民に対抗すべく富者たちが相互に結ぶ保険契約である」

「一七八九年の運動によって社会体制にもたらされた明らかな改善にもかかわらず、財産の不平等からくる必然的弊害が、新たなかたちでよみがえった。私たちは、退廃した笑うべき封建制のかわりに、金銭と権力と才能という三種の貴族階級を生み出した。これらは、たとえ正当なものだとは言っても、大衆にとって、巨大な重荷であることに変わりはない。(中略) こうして、立憲君主政に戻ることで、フランスは、いつわりの政治的平等を是認し、害悪を広げただけなのだ。なぜなら私たちは、金持ちのデモクラシーの時代にいるからだ」

このような言葉は、七月革命の原動力となったいわゆる自由主義者《リベロー》の政治理想も、さらにはフランス革命の理念すらも、バルザックが信じていなかったことを示している。フランス革命の結果である「近代」というものに対するバルザックのこうした不信は、彼の政治思想を独特なものにし、バルザックを、同世代の文学者のなかではむしろ珍しい「反近代主義者」としている。そしてこのような政治思想は、やがて『田舎医者』(一八三三) のなかでまとまったかたちで表現されることになるが、それについてはあとでまた述べよう。

いま引用した言葉は、一八三〇年の秋、十月から十一月にかけて発表された「優雅な生活のための教程」という論説中に見られるものだ。ここには七月革命に対するバルザックの幻滅が現れていると言えなくもないが、それ以上に、フランス革命以後のフランス社会全般に対する批判が表現されている。つまりフランスの「近代」そのものへの批判がこめられている。

一八三〇年から翌三一年にかけてバルザックは、小説家というよりも、むしろジャーナリストとして活躍した。一九二九年末に刊行された『結婚の生理学』にしても、小説ではなくジャーナリスト風の評論であった。売れ行きが芳しくなかった『ふくろう党』の著者にとっては、経済的にも小説を刊行するだけで生計を維持するのは困難だったのである。

三　真の出世作

『あら皮』　だが、バルザックのジャーナリストとしての活動は、『あら皮』（一八三一）刊行以後は急速に下火になる。小説家としての執筆活動が、バルザックに十分な収入をもたらすようになったからであり、同時にまた作家として、自分の仕事に対して次第に自覚的になったからでもあろう。

世間的に言えば、『あら皮』は大成功だった。この作品こそバルザックにとって真の出世作だったとも言える。『あら皮』以後、バルザックは文壇の寵児となり、流行作家となった。それでは、その『あら皮』とはどういう作品なのか。

貧窮のどん底にあえぐ主人公の青年ラファエルは、最後に残った一枚の金貨を賭博で失ったあと、謎めいた老人に出会って一枚の「あら皮」をもらう。あら皮（ポー・ド・シャグラン）とは、羊などの皮に特殊加工をほどこして表面をざらざらにしたもので、製本などに用いるものらしいが、さしあたって素材としてのあら皮はどうでもいい。肝心なのは、このとき老人から渡されたあら皮には特殊な効力があるということで、この皮の持ち主は、何を望んでもたちどころに欲望を実現できる幸運に恵まれるのだ。ただし、これが本当の幸運かどうかははなはだあやしい。なぜなら、欲望が実現されるたびごとにあら皮は少しずつ縮んでいき、皮が最後に消えてなくなるとき、持ち主は死ななくてはならないからである。

　バルザックがたくみなのは、あらゆる欲望の実現という実際にはあり得ない現象を、ごく自然に描き出してみせたことだ。ラファエルは、美女がはべり贅沢な料理が並ぶ宴会を夢想する。すると彼は、たまたま友人に出会い、その友人は、彼をある銀行家が催す晩餐会にさそう。この晩餐会は、銀行家が新聞の創刊を記念して開いたもので、そこには山海の珍味が並んでおり、美女が居並んでいる。

　といったような次第で、ラファエルはさまざまな欲望を満足させ、富をも手中にするのだが、あら皮のほうは確実に縮んでいく。ラファエルは、何人もの学者にあら皮の縮小をくいとめる方策を訊ねるが、むろん名案などなく、ついにあら皮はごく小さなかけらのようなものになってしまう。病気になったラファエルは、あら皮がそれ以上は縮まないようにするため、あらゆる欲望をみずからに禁ずる。しかし、恋人が肌をあらわにしているのを見て欲望を抱いたために死んでしまう。このとき、あら皮が消えていることは言うまでもない。

　この物語の筋書きは、『思想、主題、断片』という題名のもとに残されたバルザックの創作ノート中に、「東方小話」として記されているが、作者がこの筋書きをどこから手に入れたものか、今日までのところは知られていない。しかし、物語の寓意するところは明らかで、まずあら皮とは生命そのものの象徴である。ラファエルにかぎらず、われわれはだれしも寿命という名の一枚のあら皮をもっているのであって、生きるとは死に近づくことにほかならない。その意味でラファエルをとらえる死の恐怖は、魔法の皮などもっていない私たち読者にも容易に理解できるようなものである。ただし、生きるとはすなわち生命を消耗することだという、自明の理ともいうべきこの寓意には、さらにバルザック独特の考え方がつけ加えられている。それは、情念こそ生命をもっとも消耗させるもので、長生きしたければ情念を断ち、無欲、無為の生活を送らなければならないとする考え方である。ラファエルに魔法の皮を与える謎めいた老人も言うように、「欲すること、なし得るということ」によって人は死に近づくのに反し、賢者は「知る」ことだけで満足するから、生命の消耗をまぬがれる。このような考え方を、おそらくバルザックは父親から得た。そして中国文化に心酔していたバルザックの父親は、こういう幾分か東洋的な考え方を、もしかしたら中国の思想家から得たのかもしれない。

だが、バルザック自身の人生は、こういう無為、無欲の生活からはほど遠いものだった。バルザックはあり余る生命力と才能を短時日のうちに消耗し、凡人の何倍もの人生を生きて、五十一歳の若さで世を去ったからだ。

『あら皮』を発表した三十代のバルザックは、そういう自分の人生をすでに予感していたのかもしれない。一八三四年、宛て先の知られていない手紙のなかでバルザックは、「私は、自分の資本をだいぶ食いつぶしてしまったのではないかと心配しています。『あら皮』の作者が若死にしたら、さぞかし面白い見ものでしょう」（一八三四年五月ごろ）と記している。

欲望の「現象学」

『あら皮』の物語が生命の寓話となっているのは以上に述べたとおりだが、しかし、今日の私たちにとって、『あら皮』のもつ意味合いにはもう少し文明批評的な色彩があるように思われる。というのは、『あら皮』の主人公をとらえる人生への激しい渇望は、およそあらゆる時代のあらゆる人間に共通なものだとしても、フランス革命以後の近代社会が、物的欲望を解放し、肥大化させたことも確かだからだ。結局のところ、物的進歩と個人的な欲望の充足以上に存在の根拠をもたない社会、それが近代市民社会というものだ、ということを『人間喜劇』のあらゆる作品、とりわけ『あら皮』が示しているように思われる。『人間喜劇』とは、「近代」における欲望の「現象学」であって、それは、人々が無限の欲望にとりつかれ、狂奔し、消耗し、そして滅びていくさまを如実に描いた作品なのである。後述するバルザックの政治・社会思想を理解するには、『人間喜劇』の根底にあるこういう「近代」への批判を確認しておく必要がある。

四「哲学的」作品

『哲学小説集』　ところでバルザックは、一八三〇年から三一年にかけて、寓意小説とも哲学小説とも呼び得るような一連の短篇小説を発表した。「長寿の霊薬」や「知られざる傑作」などの短篇がそれで、これらの作品は、すでに述べた『私生活情景』とは異なる作風を示している。『私生活情景』に収められた作品が主として家庭的な主題を扱い、現実生活の一断面を描いているのに対して、これらの「哲学的」作品は、ときに神秘的、ときに幻想的であり、またある場合には神話的とも形容できるような作品群である。

たとえば「長寿の霊薬」は、十七世紀以来、ヨーロッパで多数書かれたドン・ファン物語の一つである。しかし、ここに描かれているドン・ファンは、たんなる好色家ではない。ドン・ファンの父は、自分が死んだら、かねて手に入れておいた不老長寿の霊薬を、自分の体に塗るようにドン・ファンに頼む。しかし、死んだ父親の目に薬を塗るとその目がよみがえるのを見たドン・ファンは、この貴重な薬を自分のためにとっておくことに決め、父親を死んだままにしておく。

やがてドン・ファンにも死のときが訪れ、彼は息子に、死んだら自分の体にこの薬を塗るように命ずる。親孝行な息子は忠実に命令を実行しようとするのだが、死体の頭部がたちまちよみがえるのを見た息子は、恐怖のあまり薬壜を取り落とし、父親の命令を半分しか実行することができない。体は死んでいるのに頭だけが生きているドン・ファンは、福者として崇拝されることになる。しかし、教会で列福式が行われた日、頭部は体から離れて神父の頭に噛みつき、神父を殺してしまう。ここには、好色家というよりも、むしろあくなき生命への執着を貫きつつ、神に反抗するドン・ファンの恐るべき意志が、幻想的な筆致で描かれている。

一八三一年、『あら皮』が刊行されてまだまもないころ、初版の売れ行きが好調だったせいもあって、バルザックは『あら皮』とともに、哲学的・幻想的な作風からなるいくつもの短篇をまとめ、『哲学小説集』という総題のもとに、全三巻として刊行した。収められた短篇の大部分はすでに雑誌に発表されたもので、その題名を記せば、『サラジーヌ』、「エル・ヴェルドゥゴ」、『呪われた子』、「長寿の霊薬」、「追放者」、「知られざる傑作」、「国民議会徴収兵」など、計十二篇である。

すでに述べたように、『あら皮』も含めてこの『哲学小説集』の特色は幻想的・哲学的作風にあるが、それだけでなく、そこには一貫した思想的主題が認められる。すなわち、それは「思念の破壊的力」とバルザックが呼んだ主題である。さしあたって、「思念」という語を用いたが、バルザックの考え方にしたがえば、観念、思想、情念、欲望、意志などは、いずれも同一の心的エネルギーに発するもので、これらを総括して、バルザックは仮に「思念」という語を用いたのである。この「思念」こそが人間の生命を消耗させ、やがて死にいたらしめるものだというのが、『哲学小説集』の一貫した主題なのだ。

『哲学研究』　『哲学小説集』は、のちになって、その後に書かれた他の哲学小説とあわせて『哲学研究』（一八三五―四〇、全二十巻）という題名で刊行されるにいたる。それは今日、『人間喜劇』中で、『風俗研究』とともに重要な作品群を形成しているのだが、この『哲学研究』第一巻が、一八三五年（実際の発売は一八三四年末）に刊行された際、重要な序文が付された。執筆者は、バルザックの友人のフェリックス・ダヴァンであるが、バルザックの指示のもとに書かれたこの序文が、バルザック自身の思想を表明していることは間違いない。

「バルザック氏は、思念をもって、人間や（したがってまた）社会の解体のもっとも強烈な原因とみなしている。すべての観念、したがってまたすべての感情は、多少とも強力な溶剤であると、バルザック氏は信じている。（中略）思念は、情念によって倍加され、社会によって形成される一時的な力とあいまち人間にとっては毒となり、刃となる」

また、未完の哲学小説「知られざる殉教者」には、次のような一節がある。

「思念は、すべての破壊的力のなかでもっとも強烈なもので、それはまことに人類の破壊天使である。（中略）思念を行使しつつ高齢に達した人は、この殺人的な力を用いなければ、三倍も長生きしたにちがいない。生命は、灰でおおうべき火だ。考えるということは、火に炎を加えることだ。百歳をこえて長生きした人は、たいていは手仕事に従事し、ほとんど考えなかった人々である。思念という言葉で私がなにを意味するか、お分かりか。情念、悪徳、極度の関心、苦悩、快楽などは、思念の奔流である」

煩瑣《はんさ》をもかえりみず引用を重ねたのは、このような考え方が、バルザックの哲学小説全体をつらぬく主題となっているからである。

情念の破壊作用

たとえば、「知られざる傑作」に描かれているのは、美という観念もしくは美に対する情熱が、美そのものや、芸術家その人を破壊してしまう過程である。べつの哲学小説『ルイ・ランベール』（一八三二）には、絶対的な真理を求めた哲学者ルイ・ランベールが狂気にいたる過程が描かれているし、『絶対の探究』（一八三四）には、存在事物の根源たる唯一の物質を求めて、家庭を破壊し、自らも死にいたる化学者の一生が描かれている。すでに述べた『あら皮』において、欲望という「思念」が、主人公を死にいたらしめていることは言うまでもない。要するに、今日『哲学研究』に収められた作品には、固定観念と化し、情念と化した思念が、主人公を破壊する様が描かれているのだ。

『哲学研究』と『風俗研究』

だがもっと重要なことは、じつはこの主題は、『哲学研究』に収められた作品に見られるだけでなく、『風俗研究』所収の作品の多くにも共通しているということだ。つまり、情念による生命の破壊という主題は、『人間喜劇』全体のテーマなのである。

たとえば、『ウージェニー・グランデ』(一八三三)では金銭欲が、『ゴリオ爺さん』(一八三五)では、父性愛の情熱がそれぞれ主人公の全人生を支配し、生命を消耗させる過程が描かれている。あるいは、『従妹ベット』(一八四七)では性の欲望が主人公を破滅させる過程が描かれているなどである。むろん『田舎医者』(一八三三)のように、情念による生命の破壊という主題とは直接関係のない作品も少なくないが、全体として見たとき、『人間喜劇』が情念による、生命のエネルギーの消耗過程を描いていることは間違いない。その背景には、宇宙全体を唯一のエネルギーの変容と消耗の過程と見る哲学があるのだが、それについてはのちにまた述べなければならない。

いずれにせよバルザックは、『哲学小説集』とそれを発展させた『哲学研究』の諸篇を書くこととで、じつは『人間喜劇』の哲学そのものを発見しつつあったと言っても過言ではない。三十代のバルザックは、やがて『人間喜劇』という雄大な世界の礎石となるべきものを——その思想と技法を自分のものとしつつあったのだ。

Ⅳ

模索と成熟——一八三三〜三五

一　貴婦人へのあこがれ

カストリ侯爵夫人

このへんで、ふたたびバルザックの実生活に戻ろう。『あら皮』の成功によって、バルザックがほとんど文壇の寵児といっていい存在になったことはすでに述べた。とりわけバルザックは、女性の読者に人気があったから、未知の女性から、手紙が送られてくることもまれではなかった。

こうして一八三一年の九月ごろ、バルザックはある読者からの書簡を受け取った。この書簡は失われたので、内容はバルザックの返信から想像するしかないが、どうやら、『結婚の生理学』や『あら皮』についての批判を記したものだったらしい。これに対してバルザックは、懇切な返信をしたためた（一八三一年十月五日付）。やがて手紙の主は、カストリ侯爵夫人という自分の名を明かし、翌一八三二年には、バルザックを自宅に招待している。

かねてから上流の貴婦人にあこがれていたバルザックのことであるから、嬉々として夫人の招きに応じたことは言うまでもなく、この年、一八三二年の春から初夏にかけてバルザックは、上流貴族の邸宅街フォブール・サン・ジェルマンはグルネル通りの侯爵夫人邸を足繁く訪れている。のみならず、カストリ侯爵夫人と会うことによって、「あまりにも甘美な時間を与えられたので、自分にとって幸福はもはやあなたによってしかあり得ないと思われる」とまで、バルザックは夫人宛ての書簡（一八三二年四月十二日ごろ）に記すようになる。どうやらバルザックの上流貴婦人へのあこがれは、この際、ほとんど恋愛感情といっていいものに高まったようである。

　もっとも、バルザックの貴族趣味を十分に満足させるだけのものが、カストリ侯爵夫人にあったことはたしかで、夫人は、母方により、かつてのイギリス王朝、スチュワート家につながるほどの名門の人だった。一七九六年十二月の生まれだから、夫人は当時三十五歳で、バルザックよりも三歳ばかり年上ということになる。肌の色あくまで白く、額の秀でたこの女性が二十歳で婚礼の席に現れたときは、文字どおり「蠟燭の輝きをも消した」と、ある回想録の著者（フィラレート・シャール『回想録』第一巻）が記しているくらいの美人だから、三十歳代のなかばに達してもまだまだ美しかったにちがいない。

カストリ侯爵夫人

　しかし、この名門の貴婦人には暗い過去があった。というのは、夫人がまだ二十歳代の若妻だったころ、オーストリアの宰相メッテルニッヒの息子のヴィクトル・フォン・メッテルニッヒと恋仲になり、一児までもうけたからである。この恋愛事件の結果、カストリ侯爵夫人は、夫と別居状態となり、パリ社交界の非難を一身に浴びたのみならず、恋人のメッテルニッヒは病に冒されて、一八二九年に世を去った。バルザックがはじめて出会ったころのカストリ夫人は、恋人の遺児を心の唯一の支えとしつつ、ひっそりと暮らす孤独な女だったのである。

こうしてバルザックは、カストリ侯爵夫人と親交を結ぶようになったが、バルザックが夫人に対してたんなる友情以上のものを期待したことは間違いない。夫人のほうでも、その年の夏、一八三二年を、当時はまだフランス領になっていなかったサヴォワ地方の避暑地、エクス＝レ＝バンで、一緒に過ごそうともちかけたくらいだから、相手に期待をもたせるような素振りを示したのであろう。この年の六月、バルザックはパリを離れ、トゥール郊外の小村サッシェにおもむき、そこで一カ月以上を過ごしたのち、七月にはアングレームに行き、八月の終わりに、エクス＝レ＝バンでカストリ侯爵夫人に合流している。

サッシェの館

やや脇道にそれることになるが、ここでサッシェについて簡単に記しておきたい。というのは、バルザックが多少とも居住した家屋で現在まで残っているものは、かつてヴァンドーム学院だった建物で今日では町役場になっているものや、もとガンセール塾で現

サッシェの館

在はピカソ美術館となっている建物をべつにすればこのサッシェの館と、パリのレヌアール通りの家だけだからだ。

サッシェの館は現在、アンドル＝エ＝ロワール県所轄のバルザック館、レヌアール街の家のほうはパリ市所属のバルザック館となっていて、どちらも一般に公開されている。バルザックの愛読者にとってはともに『人間喜劇』の作者をしのぶかけがえのない場所である。

さて、そのサッシェであるが、トゥールから西南にへだたること二十キロばかり、アンドル川のほとりに位置する小村である。小村ながらむろん教会と館があって、その館の主がマルゴーヌであった。市民階級に属するとはいえ、このサッシェの館やその近くのヴァレーヌの館を所有するマルゴーヌは、ほとんど小貴族といっていい程度の身分の人で、かつてバルザックの母親の恋人であったことはすでに述べた。バルザックの弟アンリの実の父は、この人であろうと推測されている。バルザックの母親とマルゴーヌとのあいだに交際があったのは、おそらく一八〇〇年代から一八一〇年代にかけてで

アンドル川

あろうから、以後、二十年以上の歳月が流れたことになる。

しかしマルゴーヌは、かつての恋人の息子オノレに対して変わらぬ好意を示し続け、バルザックもまたこのサッシェの小村を愛してしばしばそこに滞在した。この館の三階に一室を与えられたバルザックは、パリの喧噪を逃れて執筆に専念することを好んだのである。バルザックが起居した部屋は、今日も往時のままに保存され、このアンドル川のほとりの緑と光に恵まれた素朴な村そのものも、おそらくは昔とあまり変わっていないのではないかと思われる。『ルイ・ランベール』、『ゴリオ爺さん』、『幻滅』などの作品は、ここで少なくともその一部が書かれ、『谷間のゆり』の背景となっているのは、サッシェ周辺のアンドル川の谷間であり、この小説の末尾で、主人公のフェリックスはサッシェの館に滞在している。

このサッシェに一カ月以上も滞在したのち、バルザックはアングレームに行った。アングレームに行ったのは、古くからの女友達のジュルマ・カロー夫人（一七九六―一八八九）に招かれたからで、カロー夫人の夫は当時アングレーム兵器廠の監察官だった。夫人は、知的で性格のすぐれた人であったが、バルザックとのあいだに恋愛関係はなく、バルザックの人と作品のよき理解者として終始した。

一八三二年夏、アングレームのカロー家に一カ月あまり滞在して、中篇小説『棄てられた女』（一八三三）を完成したのち、バルザックは、カストリ侯爵夫人に合流すべくエクス＝レ＝バンに行った。カストリ夫人は、息子のロジェや伯父のフィッツ・ジャム伯爵などとともに、ブールジェ湖畔のこの風光明媚な保養地で夏を過ごしていたのである。

湖畔の町にて

九月初旬、バルザックは、ジュルマ・カロー夫人宛ての書簡で、エクス＝レ＝バンでの生活を次のように報じている。

「当地に来て私が見いだしたものは、多くのものであり、またほんのわずかなものでもあります。多くのものというのは、優雅で、愛らしい人に会っているからですし、ほんのわずかなものというのは、私がその人に愛されることは決してないだろうからです。（中略）私の部屋は小さい質素なものですが、谷間が一望のもとに見渡せます。私は、朝五時になるとどんなことがあっても起きだし、窓の前に座って、夕方の五時半まで仕事をします。（中略）六時になると、私はカストリ夫人と夕食をともにし、晩を夫人と過ごします。夫人は、女性のなかでももっとも繊細な型の人で、ボーセアン夫人（引用者注　バルザックの『棄てられた女』の主人公）をもっと素晴らしくしたような人です。しかし、優雅な起居《たちい》振る舞いはあっても、そのかわりに心のほうはあまり豊かでないのかもしれません」

こうしてエクス＝レ＝バンでのバルザックは、毎晩カストリ侯爵夫人と会い、近在のグランド・シャルトルーズ僧院をともに訪れるなど、一見優雅な夏の終わりを楽しんだかに思われるのだが、しかし二人の関係は、一定の限界を越えることは決してなかった。

十月半ば、バルザックとカストリ侯爵夫人の一行はジュネーヴに移動し、予定では、そのあとジェノヴァやナポリなどに足を延ばすことになっていた。カストリ侯爵夫人の一行が、これほど長期にわたってフランスを離れることになったのは、この年、フランスでコレラが流行していたためかと思われる。一八三二年には、パリだけで、一万八千六百二人という多数の人が、コレラによって死亡したのである。

さて十月十八日、予定は不意に変更されて、バルザックは一人だけでパリに帰ることになる。おそらく、バルザックの性急な求愛に対して、カストリ侯爵夫人は明白な拒否をもってこたえたものと思われる。

上流貴婦人の媚態、優雅な物腰の裏にある冷酷さ、さらには貴族階級そのものへの批判などを、しばらくのちバルザックは、『ランジェ公爵夫人』（一八三四）のなかで描き出すことになる。エクス＝レ＝バンとジュネーヴでバルザックが味わった屈辱は、複雑な心理的屈折をへて、この小説に表現されている。しかしよく言われるように、『ランジェ公爵夫人』が、カストリ夫人に対する単純な復讐の書であるとは私には思われない。なぜなら、『ランジェ公爵夫人』において、女主人公は、結局は愛のために殉ずる崇高な女性として描かれているからである。

こうして、バルザックのカストリ夫人への恋は、一年あまり続いたあと、苦々しい失望を残して終わりを告げたわけだが、その後も書簡の往復があるところを見れば、二人の交際がまったくとだえたわけでないことがわかる。たとえば、大分あとのことになるが、一八四八年四月二十七日付のハンスカ夫人宛て書簡には、「今日は、カストリ夫人のところで夕食をとることになっています。（中略）彼女はぞっとするほど醜く、まるで骸骨です」とある。「優雅で、愛らしい」「女性のなかでももっとも繊細な型」の人が、十数年をへて「まるで骸骨」になってしまったわけである。カストリ夫人自身が変わったのか、それともむしろ変わったのはバルザックの心のほうなのか、それはわからないが、いずれにせよ一八三三年の秋以降、夫人に対するバルザックの夢が、完全に消えたことだけは間違いない。

二　ハンスカ夫人との出会い

ハンスカ夫人　かわってバルザックの女性への夢をかきたてるべく、べつの上流貴婦人が、バルザックの人生に登場することになる。すなわちハンスカ夫人であって、のちにバルザック夫人となるまでに、バルザックの人生において重要な役割を演じた人である。

一八三二年三月末、当時『哲学小説集』など、バルザックの作品を多数刊行していたゴスラン書店経由で、一通の手紙が送られてきた。この手紙は失われたので内容は推測するしかないが、どうやら『私生活情景』への賛辞とともに、『あら皮』に対する批判を記したものだったらしい。この手紙は、「異国の女より」とだけ署名され、差出人の住所はなかった。したがって返事の出しようもなかったわけだが、一九五〇年になって、バルザック研究家のベルナール・ギヨンが、バルザックの「返事」を発見した。すなわち、一八三二年四月二日の「ガゼット・ド・フランス」紙上に、次のような広告が掲載されていたのである。

「二月二十八日付のお手紙たしかに拝受。バルザックは、お返事を差し上げられないのを、遺憾に思っています。挨拶の言葉は、ここに記し得るようなものではありませんので、沈黙を守ることを、ご理解下さいますよう」

同年十二月九日の「コチディエーヌ」紙にも、「お手紙拝受。バルザックは、ようやく本日当紙によってそのことをお知らせできるようになったのですが、ご返事をどこに差し上げるべきかわからぬことを、遺憾に思う次第です」という広告が掲載された。当時バルザックのもとに、「異国の女」からの手紙がすでに何通か送られてきたことが、これらの新聞広告によってわかる。

やがて、手紙の主はハンスカ夫人という自分の名を明かし、返信を送るべき住所も明示されるにいたった。こうして、バルザックとハンスカ夫人とのあいだに、長年にわたる往復書簡がはじまることになる。ただし往復書簡といっても、二通を除いてハンスカ夫人の手紙は現存せず、バルザックからの一方的な書簡が残っているにすぎない。とはいえ、計四百十四通、大型の用箋の裏表に細字でぎっしりと書かれた千四百枚に及ぶこの書簡は、フランスの作家が書いたラヴレターのなかでも、特別に膨大なものといわざるを得ない。その内容は、言うまでもなくバルザックのハンスカ夫人に対する愛情を記したものだが、それにとどまらず、日々の生活や執筆の模様などがことこまかに書かれ、ほとんどバルザックの日録であると言っても過言ではない。バルザック研究上、第一級の資料と目されているのはあまりにも当然であろう。

ハンスカ夫人肖像（1835年）

ウクライナの領主夫人

そのハンスカ夫人であるが、この人は、当時はポーランドに属していたが、その後ソ連邦の一部だった時代をへて、現在は独立国となったウクライナの大貴族の夫人であった。茫々と広がる広大な麦畑と一千人以上もの農奴を所有し、ヴィエシュホーヴニャの城館のなかには、靴屋から穀物工場にいたるまで、生活と農業生産に必要な施設がことごとくそろっていたというから、たんなる貴族というよりも、ほとんど中世的な領主である。

夫人の生年については諸説あって一定しない。パリのペール＝ラシェーズ墓地の墓碑には、一八〇五年一月六日生まれとあるが、バルザック伝研究の権威、ロジェ・ピエロは、夫人の生年月日を一八〇四年一月六日としている。かりにピエロ説にしたがえば、一八三三年、バルザックとのあいだに本格的な書簡の往復がはじまったころ、夫人は二十九歳の若妻だったということになる。夫のハンスキ氏は性格もすぐれ、教養もある紳士だったらしい。彼の欠点は、妻より二十二歳も年上だったことと、ウクライナの僻地に暮らす妻の無聊《ぶりょう》を慰めるには、あまりにも常識的な紳士だったということにすぎない。

こうして、五十一歳の夫をもつ二十九歳の領主夫人は、日々の退屈をまぎらせるためにフランスの小説、とりわけバルザックの作品に読みふけることになった。そのころ、ロシアでもポーランドでも、フランス語は上流階級の教養語で、幼いころからフランス女性の家庭教師と生活をともにしてきたハンスカ夫人は、読み書きともに、フランス語にはまったく不自由がなかったのである。

一八三三年、まだ見ぬ異国の貴婦人と書簡の往復を重ねるうちに、バルザックの情熱はたちまち燃え上がったようで、バルザックは、まだ夫人と会ったこともないのに、すでに愛を告白するにいたっている。

「あなたに会ったこともないのに、私はあなたを愛しています。奇妙なこの事実は、つねに空虚かつ不幸であった私の生活の自然な結果です。私は人生を観念で満たし、実人生の不幸を幻想の快楽で癒してきました」

バルザックは、一八三三年二月二十四日付の夫人宛て書簡でこのように記している。そしてこの年、一八三三年の九月二十五日、バルザックは、はじめてハンスカ夫人その人に、現在はスイス領のヌーシャテルで会うことになる。

ヌーシャテルは、標高四百三十五メートルから五百八十メートルにかけてショーモン山の斜面に位置し、ヌーシャテル湖を見下ろす町である。かなたには、モンブランをはじめとするアルプス連山が望まれる。

忘れ難き日

ハンスカ夫人の一家はこの町に滞在中で、バルザックは、およそ三日をかけてパリからわざわざやってきた。

バルザックとハンスカ夫人の最初の出会いについては種々の伝説があるが、要するに、ヌーシャテルでは、二人はたがいの愛情を確かめあっただけで深い関係にはいたらなかった。それに、バルザックの滞在期間は短く、十月五日にはすでにパリに帰着している。しかし、この年の十二月、バルザックはふたたびハンスカ夫人に会うためにジュネーヴに出かけ、翌一八三四年一月二十六日、二人の恋愛関係は決定的なものとなった。

以後バルザックは、一月二十六日を「忘れ難き日」として、ハンスカ夫人宛ての書簡でしばしば想起することになる。実際、このジュネーヴでの再会以後、ハンスカ夫人の存在は、バルザックの人生のきわめて重要な部分を占めるようになった。とりわけ一八四一年に夫のハンスキ氏が世を去ってからは、夫人との結婚がバルザックの人生の最大の目標となる。

バルザックの恋人になったころのハンスカ夫人の容姿は、どのようなものだったのだろうか。はじめてハンスカ夫人に会ってパリに帰ったバルザックは、妹ロール宛て書簡（一八三三年十月十二日付）で、次のように描写している。

「肝心なことは、あの人が、うっとりするほど美しくたぐいまれな黒髪、黒髪の女性にふさわしくなめらかでこまやかな肌、かわいらしい小さな手の持ち主だということです。（中略）みんなの前で、ぼくの首に抱きつくほど大胆な人です。あの人の膨大な財産については、語りたくありません。ベルジョワイユーズ太公妃（引用者注　当時美人として有名だった人）をもっと美しくしたような、美の傑作に比べれば、財産などなんだと言うのでしょう」

『人間喜劇』の作者の文章にしては、この記述はいささか簡単すぎて写実性に欠けるうらみがあるが、当時のハンスカ夫人が若く美しく、大貴族の夫人らしい気品と愛らしさを兼ね備えた女性だったことはたしかであろう。バルザックが、夢中になったのも無理はない。がしかし、この出会いがバルザックの人生に幸福をもたらしたどうかということになると、話はまた別になる。というのは、バルザックとの結婚についてのハンスカ夫人の逡巡が、四十代のバルザックにどれほどの苦悩と焦燥をもたらしたか、私たちは知っているからである。第一、遠い国に住む既婚の女性ほど恋愛の相手として不便なものはない。なにしろパリからウクライナまで行くには、一週間ないしは十日を要する時代だったのだ。

バルザックがもう少し現実的な人間で、美しい大貴族の女性でなくても、心やさしい身近な女性と恋愛なり結婚なりしていれば、バルザックの人生は、もっと楽なものになり、ついにバルザックが手にすることができなかった市民的幸福なるものも、あるいは手中にすることができたかもしれない。もっともこういう感想は凡人のもので、バルザックが天才だったゆえんは、日常的な都合や不都合などはことごとく無視し、天馬空を行くがごとき想像力と、果てしない憧憬に身をまかせて悔いぬところにあったのだろう。

バルザック研究家のあいだで、ハンスカ夫人はあまり評判がよくない。それは、夫人が夫ハンスキ氏の死後も、なかなかバルザックとの結婚に踏み切らず、バルザックの死後は、別の男性と同棲するなどして、研究者のバルザック崇拝に水をさすようなことをしたからだ。しかし、バルザックとの出会いによって、ハンスカ夫人の人生もまた大きく変わったこともたしかなら、夫人が、バルザックに対して心からの愛着と尊敬の念を抱いたことも間違いない。

マリアとマリー

こうしてバルザックは一八三三年九月にはじめてハンスカ夫人に会い、夫人への情熱はその後のバルザックの生活に、はかり知れない影響を及ぼすことになるが、じつはこの年、バルザックは、もう一人の別の女性とも恋愛を経験している。それはおよそ次のような次第である。

バルザックの作品中でも、もっとも有名なものの一つと言うべき『ウージェニー・グランデ』（一八三三）の冒頭には、次のような献辞がかかげられている。

「マリアに。あなたの面影こそは、この作品のもっともうるわしい飾りです。それゆえここに記したあなたのお名前が、（中略）神のみ教えによって清められ、家の守りとするために、信心深い手によってつねにみどりに新たなものとなる、かの聖なるつげの枝のごときものとなりますよう。ド・バルザック」

フランスでは、復活祭の一週間前の日曜日は「枝の日曜日」と称され、教会で清めてもらったつげの枝を持ち帰り、家に飾って守りとする習慣がある。右の献辞は、マリアなる女性に対し、あなたの姿を『ウージェニー・グランデ』のなかに描いたから、ここに記したあなたの名が、この作品の守り神になってくれるようにという趣旨である。

じつは、このマリアなる女性がいかなる人なのか、長いあいだバルザック伝中の謎とされてきたが、一九五〇年代になってふとしたことから、この人はマリア・デュ・フレネーといい、バルザックとのあいだにはマリーという娘までもうけられていたことが明らかになった。

マリア・デュ・フレネーは、当時はかなり名を知られた女流作家、アデール・ダミノワの娘で、一八〇九年生まれ、一八二九年に二十三歳年上のデュ・フレネーに嫁いだ。デュ・フレネーは、一応は貴族階級に属する人だったが、夫婦の折り合いはあまりよくなかったらしい。

「天から花でも降ってくるように」

一八三三年十月十二日、ヌーシャテルから帰ったばかりのバルザックは、先ほども引用した妹ロール宛ての書簡で、ハンスカ夫人との出会いについて報じたあと、続いて次のように書いている。

「私は父親となった。これがおまえに言わなければならないもう一つの秘密だ。相手の女性は、考えられるかぎり素朴な、愛らしい人で、彼女はまるで天から花でも降ってくるように、ひそかに私の家にやってきて、文通も気遣いも要求せず『一年のあいだ私を愛してください。私はあなたを一生愛しますから』と言ったのだ」

この妹ロール宛ての書簡にある「考えられるかぎり素朴な、愛らしい人」とはだれか、これまた長いあいだ、バルザック伝中の謎とされてきた人物であったが、今日では、マリア、つまり『ウージェニー・グランデ』が捧げられた相手と同じ人であることが分かっている。マリアの存在が明らかになるとともに、『ウージェニー・グランデ』の献辞の謎も、妹ロール宛て書簡の謎もともに解けたわけである。

マリアは、バルザックの作品を愛読する二十四歳の人妻で、おそらく一八三三年の八月か九月ごろにバルザックを訪れ、「一年のあいだ私を愛してください。私はあなたを一生愛しますから」と言ったのであろう。引用した手紙の一節の「私は父親となった」というバルザックの言葉は、娘マリーが生まれたことを知らせるものではなく、たんに懐妊を告げたものと解される。娘マリーが生まれるのは、翌一八三四年六月だからである。

マリーは、戸籍上はデュ・フレネー家の娘ということになったが、バルザックはマリーの初聖体に列席し、たまには彼女の姿を見かける機会もあったらしい。一八四八年五月二日付のハンスカ夫人宛て書簡には、「明日二時、マリー嬢の美しくなった姿を見るために、シャン＝ゼリゼ通りで彼女に会うように」という手紙を受け取ったと述べられている。この手紙を出したのは、むろん娘マリーの母親のマリアであろう。バルザック以外には、マリーの真の父親がだれであるか隠しつづけながら、バルザックにだけは、娘の姿をときには見てもらいたいというのがマリアの母心だったのである。そのことを手紙に堂々と書くくらいだから、むろんバルザックは、自分に娘のあることをハンスカ夫人には白状していたにちがいない。

さらにバルザックは、遺言のなかで、自分にもっとも近しい人々とともにマリーの名をあげ、ジラルドン作のキリスト十字架像を贈っている。この十字架像は、今日、パリのバルザック館に保存されているが、残念なことに（とは言っても、バルザックの収集した美術品はすべてそうなのだが）贋作にすぎない。ちなみに、バルザックの娘マリーが世を去ったのは一九三〇年で、九十七歳であった。

『ウージェニー・グランデ』

さて、作品としての『ウージェニー・グランデ』のことであるが、この小説は、バルザックの作品のなかでももっとも有名なものの一つである。刊行の当初からして評判を博し、「まるでパンのようによく売れる」と、作者みずから言っているくらいである。この小説が書かれたのは、一八三三年八月から十二月にかけてである。執筆の時期からしても、また先に引用した献辞の言葉からしても、『ウージェニー・グランデ』が、成立上、娘マリーの母親のマリアと深い関連を有することは間違いない。田舎町ソーミュールの素朴な娘ウージェニーが、ともに愛を誓った従兄弟シャルルに裏切られたのちは、祈りと善行に一生を捧げるというこの純愛物語の背景には、バルザックに生涯の愛を誓ったマリアの姿が透けて見えると言えば言いすぎだろうか。しかしウージェニーには、マリアの面影が写されていると作者自身が献辞で断言していることは事実なのである。

他方、『ウージェニー・グランデ』にはもう一人の登場人物がいる。すなわち、ウージェニーの父親フェリックス・グランデである。モリエールの喜劇『守銭奴』と並んで、『ウージェニー・グランデ』はおそるべき吝嗇《りんしょく》家を描いていることで有名な作品なのだ。しかし、フェリックス・グランデという男は、モリエールの描いた守銭奴とちがって、たんに吝嗇なだけではない。彼は明敏な資本家であり、有能な農業経営者である。葡萄酒の売却の時期について間違えたことは一度もないし、国債の売買についても、安値で買って高値で売り抜けるという機敏さである。フェリックスが資産家になったそもそものはじまりは、フランス革命のさなか、政府が没収した教会財産をただ同然で購入したことにある。

つまりフェリックスは、革命を機に成り上がった新興市民という、社会史上の典型なのである。彼はついに二千万フラン（ざっと見積もっても約百億円に相当する）という財産を手に入れるのだが、バルザックが描き出したのは、近代ブルジョワジーの資産形成の過程であると言ってもいい。しがない樽屋でしかなかった男が富と地位を征服するにいたるという、あくなき執念と物欲の物語である。娘ウージェニーの恋物語と、父親フェリックスの蓄財物語は渾然一体をなしている。と同時に、二人の人生は対立的な生き方を示すものとしても表されている。作者の共感が、純愛に生きたウージェニーに向かっているのは言うまでもないが、さらに進んで、もっぱら物欲に生きた新興市民フェリックスへの批判もこの作品から読みとれるように思う。バルザックは、フェリックス・グランデについて次のように書いている。

「守銭奴というものは来世を信じない。彼らにとっては現在こそすべてである。こう考えてくると、どんな時代よりも、金が法律と政治と生活を支配している現代とはどういう時代であるか、恐ろしいまでに明らかとなる。千八百年このかた、社会制度は、来世への信仰の上にのっていたのだが、今やその信仰を壊すために、制度も、書物も、人間も、理論も、ひそかに協力しあっている。今では、死とはたんなる移り変わりであって、人々はほとんどそれを恐れない。(中略)奢侈《しゃし》と快楽という虚飾に満ちた地上楽園に、手段の是非を問わず到達すること。かつて人々が、永遠の幸福のために現世の迫害に耐えたように、束の間の所有の楽しみのために心をひからびさせ、肉体を痛めつけること、このようなものが人々の一般的な考え方となり、これはいたるところに、ひいては法律のなかにまで書き込まれている思想なのだ」

小説のいたるところで金銭のドラマを描き、近代社会の成立そのものを作品の主題にしたと言っていいバルザックは、じつは、もっぱら物欲というものを基礎にして成立した「近代社会」を批判してやまなかった人である。バルザックが、「金が法律と政治と生活を支配している現代」というものを憎み、その対極にあるはずの精神の高貴さと愛の純粋さを讃えた人であるということは、もっと強調されていい。

三　バルザックの生活習慣

バルザックの日常生活

『ウージェニー・グランデ』が刊行された一八三三年ころ、バルザック独特の生活習慣ができあがったらしい。この年の三月、バルザックは女友達のジュルマ・カロー宛ての手紙に次のように書いている。

「私の生活のしかたには変化が生じました。私は、鶏のように晩の六時か七時になると床につき、午前一時になると起こしてもらいます。そして、朝の八時まで仕事をします。八時になると私は、さらに一時間半だけ眠ります。それからあまり腹にたまらない食事をしてブラック・コーヒーを飲み、午後の四時まで仕事をするのです。それから客に会ったり、風呂に入ったり、外出したりし、夕食をとって眠ります」

むろん日にもよるだろうが、こうしてバルザックは一日十数時間を執筆にすごし、ときには、数日ものあいだまったく睡眠をとることなしに書き続けた。このような過酷な労働の成果として、一八三三年を例にとってみると、『マラナ一族』第三部、『フェラギュス』、『ランジェ公爵夫人』（ただし途中まで）、『田舎医者』、『ウージェニー・グランデ』などの作品があいついで発表された。『マラナ一族』を除けば、これらの作品はいずれも長篇小説である。そのほかに「歩き方の理論」などのエッセーも書き、さらには『風流滑稽談』第二巻も刊行している。『人間喜劇』には属さない作品なので、本書では詳しく述べることはできないが、これとて決して無価値な作品ではない。それどころか、故郷のトゥーレーヌ地方を舞台に語られる好色談の数々のなかには、第一級の文学作品と目して差し支えないものさえいくつかは含まれているのだ。

コーヒーの効用

こういう膨大な量の作品を書き、一日十八時間に及ぶ執筆に耐えるため、バルザックが毎日二十杯ものコーヒーを飲んだことはよく知られている。「現代刺激物考」（一八三九）と題されたエッセーのなかで、バルザックはコーヒーの効用を次のように讃えている。

「すると（引用者注　コーヒーを飲むとの意）すべてが活発になる。観念は、戦場に出たナポレオン軍の大隊もさながらに動きだす。戦闘がはじまるのだ。軍旗をはためかせて、記憶が突撃してくる。比喩の軽騎兵が、すばらしい速足で展開する。論理の砲兵隊が、大砲と薬嚢《やくのう》をもって駆

バルザックの仕事机
（パリのバルザック館所蔵）

けつけてくる。機知が散開隊形で展開し、修辞が立ち上がる。原稿用紙は、インクで覆われる。そもそも、戦闘が黒い火薬で始まりかつ終わるように、徹夜は、黒い液体の奔流によってはじまり、かつ終わるのだ」

「黒い液体」とは、コーヒーにほかならないのは言うまでもない。コーヒーを浴びるように飲みつつ、夜を徹して原稿を書きつぐバルザックの姿が目に見えるようではないか。

しかもバルザックは、原稿をひたすら書きとばしたわけではない。作品の完成度についてきわめて意識的だったバルザックは、つねに推敲《すいこう》を重ねたのであって、残された校正刷りのおびただしい分量が、バルザックのテキスト修正のあとを物語っている。

バルザックの校正は、六校、七校、ときには十校にまで及んだ。たとえば、『人間喜劇』中の傑作の一つと言うべき『幻滅』（一八四三）の第一部「二人の友」の場合、三十三の校正刷りが残されている。そもそもバルザックの場合、初稿はほとんど下書きのようなもので、それを印刷所にまわし、校正刷りができあがってきたところから、むしろ真の執筆作業がはじまるとさえ言えるほどだ。校正をやり直すたびに、文章の量は増えつづけ、校正が終わった段階で（むろん作品にもよるが）初稿の三倍くらいになることもまれではなかった。つまり、バルザックは、校正刷りというものをまるで現在のワープロ画面のように利用したわけで、当然のことながらバルザックの原稿は、印刷所の植字工にとって「恐怖」以外の何ものでもなく、バルザックの原稿が届くと、植字工たちはみな蒼ざめたという。

バルザックのステッキ

バルザックは人気作家の一人であり、しかもこれだけの量の作品を書いたのだから、収入も当然多かった。たとえば、一八三三年にバルザックは、ベッシェ書店と『十九世紀風俗研究』全十二巻の出版契約を結び、前金として九千フランを受け取っている。またルドゥー書店からは、『風流滑稽談』第三巻の著作権料前金として、千百フランを受け取っている、等々で、その他の収入も加えれば、この年のバルザックの収入は相当なものになったはずである。

ところが、前にもあげた『バルザックの劇的会計』によれば、この年のバルザックの支出は約二万フランで、収入をはるかに上まわった。支出の内訳を見ると、家賃の約八百フランや、パン屋への支払いの百九十五フランはいいとして、洋服代に千九百六十一フラン、帽子屋への支払いに百フラン、高価なリモージュ焼きの磁器の購入に約七百フラン、書物や書物の装丁に約九百フランも支出している。一日の労働者の賃金が二フランから三フラン程度にすぎなかった当時としては、バルザックの支出はけたはずれのもので、とうてい常識ある市民のものではない。とりわけこの年、バルザックが『ウージェニー・グランデ』中において、恐るべき吝嗇《りんしょく》家フェリックス・グランデの節約一点ばりの生活をあれほど生き生きと描き出したことを思うとき、私たちは、一種名状しがたい感慨にとらえられる。

のみならずバルザックは、忙しい執筆のあいまには、高価な馬車を走らせて上流社交界に出入りするのを忘れなかった。派手すぎる悪趣味な服装とその冗舌、とりわけ、愛用したトルコ石つきのステッキなどで、バルザックは社交界にしばしば話題を提供した。青緑色の美しい宝石に飾られたこのステッキは、現在パリのバルザック館に保存されているので、私たちも見ることができるのだが、このステッキがなぜあれほど人々の話題になったかといえば、元来は護身用としてつくられたにちがいない棍棒のようなステッキに、トルコ石という優雅な宝石をはめこんだ奇妙さが、見る人の目をそばたたせたのであろう。

バルザックのステッキ
(パリのバルザック館所蔵)

ジラルダン夫人（一八〇四—五五）の小説に『バルザック氏のステッキ』（一八三六）と題された一篇があり、バルザックを主人公とするこの小説が、刊行当時評判になって広く読まれたところを見れば、バルザックはその当時のパリ社会において、もっとも有名な、もっとも注目される人物の一人だったにちがいない。おそらくバルザックは、良きにつけ悪しきにつけ人々の話題になることが、作家という職業をなりたたせるうえで有利であると認識していたのであろう。

四　バルザックの世界観

一八三三年ごろ、バルザックの日常生活において執筆や社交の習慣が定着したように、バルザックの世界観、すなわち、その哲学や、社会・政治に関する見方も円熟の域に達し、ある程度体系化されたものとなったように思われる。

『ルイ・ランベール』とバルザックの哲学

まず哲学思想から見よう。十代の終わりにバルザックが書いた『霊魂不滅論』には、唯物論的傾向がうかがわれることはすでに述べた。二十歳から二十一、二歳にかけて書かれたと思われる未完の習作『ステニー』にも、同様の思想的傾向が見られる。主人公の一人は、「人間は物質の一断片にすぎない」と断言している。ところが、三十代のバルザックが書いた『ルイ・ランベール』（一八三二）や『セラフィータ』（一八三五）に表れている思想は、唯物論ではなくむしろ神秘主義的な哲学である。とすれば、バルザックの哲学は、青年期の唯物論から壮年期の唯心論もしくは神秘主義へと変化していったのだろうか。そうではないということは、テキストをやや詳細に検討すればたちまち明白となる。

すでに述べたように、『霊魂不滅論』において、魂のような「非物質的物質」をいかに説明するかという課題が、大きな疑問として提出されていた。このような疑問は、純然たる唯物論者のいだくような性質のものではない。と同時に、『ルイ・ランベール』においても、神秘主義的な宇宙観と並んで唯物論的な表現が随所に見られる。

結局、十代の終わりに書かれた『霊魂不滅論』から、三十代に書かれた『ルイ・ランベール』にいたるまで、物質と精神という二つの相対立する実体をいかにして統一的に説明し、いかにして宇宙のすべてを説明する一元論的な哲学を構築するか、というのがバルザックの一貫した課題であり、変わらぬ目標だったと考えるべきである。おそらく哲学小説『ルイ・ランベール』は、そのよう長年の課題を解決するために書かれたものにちがいない。

それでは、天才的な哲学者の生涯と、狂気によるその死を描いた『ルイ・ランベール』のなかで、この課題はいかにして解決されているかと言えば、物質というよりはむしろエネルギーと言うべき「エーテル実体」なる概念を導入することによってである。

主人公のルイ・ランベールが書き残したものとして、この作品の最後に付されている一見謎めいた断片を子細に読むとき、そこから、一切を唯一のエネルギーの変容過程とみなす、壮大な単一宇宙論的思想が浮かびあがってくる。

ルイ・ランベールの哲学（むろんそれはバルザック自身の哲学と重なるのだが）によれば、宇宙に偏在するものは「エーテル実体」である。実体とはいうものの、それは電気、光、熱などに似たもので、むしろ運動のエネルギーである。この実体はさまざまに分化し、実体の数に応じて物質になったり、生物になったりする。人間にあってこの運動のエネルギーは、とくに強力な性質を帯びて意志となり、意志からすべての精神的機能が発生する。人間の精神は、宇宙のあらゆる存在と発生の源を同じくするものであるが、決して物質ではなく、むしろ運動のエネルギーである。エネルギーであるがゆえに、それは、他の人間に力を及ぼしたり、物質界に浸透したりする。

エネルギー論

こうしてルイ・ランベールの哲学は、人間の精神を、宇宙の運動との絶えざる交流のうちに置くのであるが、それでは、そのような普遍的な運動の源は何かと言えば、それは、「言葉」であって（『ルイ・ランベール』巻末の断章、第二部のⅢ）、それを神の言葉と解しても、ルイ・ランベールの思想を裏切ることにはならないと思う。

このような哲学は、むろん体系としてはきわめて不完全なものでしかないが、しかしルイ・ランベールの哲学が、ある意味でバルザック小説の構造そのものをなしていることは、注目されなければならない。なぜなら、バルザック小説とは、情念と化したエネルギーの変容と消耗の過程を描いたものであり、またエネルギーとエネルギーの対立や衝突を描いたものとも言えるからだ。また、ルイ・ランベール風のエネルギー論は、バルザックの社会思想にも影響を及ぼしている。なぜなら、後述するように、社会全体をエネルギーとエネルギーがぶつかりあう混沌たる抗争の場と考えるところから、バルザック独特の政治・社会思想が生まれてくるからである。

先にも見たとおり、ルイ・ランベールの哲学は、一切の根源を神の言葉のうちに求めている。これはむろん、「はじめに言葉があった」とする『ヨハネによる福音書』の冒頭を思わせるものである。また、「言葉」はロゴスを意味するものであるとともに、プネウマ（絶対者の息吹、神の霊気）にもつながる概念であるから、ルイ・ランベールの哲学は西欧のもっとも古い神秘思想の一変形ということになる。実際、『ルイ・ランベール』とともにバルザックの哲学を表すものとして有名な『セラフィータ』（一八三五）が表現しているものは、まさに神秘哲学としか言いようのないものである。

『セラフィータ』

男性であるとともに女性であるような存在、つまり両性具有のセラフィトゥス・セラフィータが、最後に天使となって昇天していくまでを描くこの謎めいた小説について、これまでさまざまな解釈がなされてきた。作品中に、スウェーデンボリ（一六八八―一七七二）の教説の詳しい紹介があるので、このスウェーデンの神秘家の理論が影響を与えていることは間違いない。しかし、スウェーデンボリ以外の人の思想がそこに混入している可能性もあり、古くは、フィリップ・ベルトーによるサン・マルタン（一七四三—一八〇三）哲学による解釈があり（『バルザックと宗教』一九四二）、比較的最近のものでは、アンリ・ゴーチエのグノーシス教による解釈がある（『バルザックの世界観における「内的人間」』一九七三）。

ここで、『セラフィータ』解釈の詳細に立ち入る余裕はないが、忘れてはならないのは、『人間喜劇』の作者のうちに天上的なもの、永遠なものへの憧憬が、間違いなくあったということである。金銭欲をはじめとして、醜悪な情念の世界をバルザックはしばしば描いた。しかし同時に、現世の快楽よりも永遠の生命を願う人々をもまた、バルザックは少数ながら描いているのだ。そのようなバルザックの宗教的・神秘的傾向をもっともよく表す作品こそ『セラフィータ』であり、また『セラフィータ』とほぼ時を同じくして書かれた『谷間のゆり』（一八三六）であり、さらには『村の司祭』（一八四一）などの作品なのである。

『人間喜劇』の登場人物たちの多くは、現世的な利益に執着する人々で、あまりにも強烈な欲望ゆえに、彼らは神や来世について思いをめぐらすゆとりをもたないように見える。しかし、そういう人々を描き出した作者のバルザックは、決して神を信じない人ではなかった。ただ、バルザックの信仰は、正統的なカトリック信仰ではなく、異端的な神秘主義だった。一八三七年五月三十一日付のハンスカ夫人宛て書簡で、バルザックは次のように述べている。

「(中略) 私は正統派カトリックではなく、ローマ教会を信じていません。神にふさわしい企図があるとすれば、それは人をして未知の領域へと歩ませる変貌です。それは私たち人間よりも下位にある被造物の原理であるとともに、すぐれた存在の原理でもあるはずです。スウェーデンボリの説は、古代の思想をキリスト教的に繰り返したものにすぎませんが、それが私の宗教です。ただ、私は、そこに、神についての理解不可能性ということを付け加えたいと思いますが」

社会思想

ややのちのことになるが、一八四二年、『人間喜劇』全十六巻の刊行が開始された折り、バルザックはその第一巻の冒頭に「総序文」を書いた。この序文のなかでバルザックは、「カトリック教と王政は二つの原理」であって、「宗教と君主制という二つの永遠の真理の光のもとに」、自分は作品を書くのだと言明した。だがこの有名な宣言にもかかわらず、バルザックの宗教思想が、じつはカトリックの正統よりもスウェーデンボリ風の神秘哲学に近いことは、今も述べたとおりである。同様に、バルザックの政治思想は独特なもので、単純な君主制主義者としてのみバルザックを見ることはできない。

すでに何度か触れたように、フランス革命と、革命の結果として出現した近代市民社会に対して、バルザックは否定的な見方をしていた。『人間喜劇』全体が、同時代社会に対する批判であり、告発である。

自由と平等という美名のもとに、フランス革命は王権を倒し教会を破壊したが、じつは、人々はそれぞれの物的利益を求めていたにすぎなかったと、バルザックは考える。革命の結果、貴族階級にかわって、富めるものの特権階級が出現し、物的な繁栄だけを目的とする非人間的な社会が生まれてしまった、とバルザックは言う。

資本主義社会に対するこのような批判はマルクスにも共通するもので、その意味で、『人間喜劇』を資本主義社会に対する批判として読むことも可能である。しかし、バルザックの批判は、単に市民階級が富を独占したことだけに向けられたものではない。もっと根本的に、バルザックは「近代」という時代の精神そのものを批判したのである。

「近代」への批判

「近代」とはどういう時代か。バルザックなら、「近代」とは自由と進歩の名のもとに信仰と精神の高貴さが失われ、エゴイズムと金銭万能主義がはびこり、人々が虚栄と物的欲望の充足を求めて狂奔する時代だと言うであろう。

バルザックにとって階層的な秩序は、社会の存続にとって欠くべからざるものだったが、啓蒙思想がもたらした自由と平等の概念は、社会の階層的基盤をつき崩し、個人の欲望を解放して肥大化させ、社会秩序の根本をなす「家族」と「共同体」を破壊してしまった。その具体的な現れが、ナポレオン法典による長子相続権の廃止であり、民法の定めるところによって土地は細分化され、その結果「家族」は衰弱の一途をたどった。

誤解を恐れずにあえて言えば、バルザックの脳裏に思い描かれていたあるべき社会の姿とは、カトリック信仰に支えられ、家族を中核として構成された階層的共同体であったと言うべきであろう。したがって、それは近代の個人主義や、個人主義にもとづく民主主義的諸制度を根底から否定するものだ。バルザックは、同時代の社会を批判して次のように書いている。

「一八四〇年のフランスとはなにか。愛国心もなければ良心もなく、もっぱら物質的な利益にのみかまけている国だ。ここでは、権力には力がなく、自由意志と政治的自由の結果である選挙によって、凡庸な人物のみがのし上がっている。民衆の暴力に対抗するため狂暴な力が必要となっており、ごくつまらぬ事柄までが、議論の対象となる結果、政治機関は一切の行動を妨げられている。ここでは、金銭がすべての事柄を支配し、個人主義がすべてを、国家さえも食い尽くしてしまうだろう。そもそも個人主義とは、遺産の無制限な分割というものの恐るべき産物であり、この分割によって、家族は消滅しつつある。この国は、いつかはエゴイズムのせいで、侵略にゆだねられるだろう」（『カトリーヌ・ド・メディシスについて』一八四四、「序章」）

引用からも明らかなとおり、バルザックの思想は、彼が生きた時代、つまり七月王政の時代（一八三〇—四八）に対する包括的な批判であって、その意味でバルザックは、反時代的な人物だった。また、七月王政の政治的文脈のなかにバルザックの社会観を位置づけるなら、それは、いわゆる正統王党派、つまり傍系のオルレアン家にかわって、正統の王朝であるブルボン家の復活を願う党派の思想にほかならない。

しかし、たとえば、シャトーブリアンのような正統王党派の文学者とバルザックが異なるのは、バルザックには、貴族階級や王家に対する心情的な共感は少しもなく、すでに滅びて過去のものとなった、革命以前の社会に対する郷愁もまたなかったということであろう。バルザックには、むしろ『ランジェ公爵夫人』に明らかなように、貴族社会に対する強い批判があった。のみならず、彼が中世的な停滞社会をよしとせず、地域社会の産業的発展を志向していたことは、『田舎医者』（一八三三）や『村の司祭』（一八四一）の内容に徴して明らかである。そこにはむしろサン＝シモン主義に近いとすら言える産業中心主義が現れているのである。結局、バルザックの反時代的な社会観の根底にあるのは、「近代」が個人のエゴイズムを解放した結果、社会秩序そのものの崩壊がはじまるのではないかという恐れであった。そして、そのような不安は、バルザックの政治思想にも反映されている。

政治思想

先ほども述べたように、バルザックの目に、宇宙は巨大なエネルギーの総体として現れていた。宇宙がそうであるならば、人間がかたちづくる小宇宙としての社会もまた、エネルギーそのものにほかならないということになる。事実、バルザックにとって社会とは、個人と個人のエネルギーが衝突しあい、かつ個人対社会の抗争がたえまなく行われる混沌たるエネルギーの場にほかならなかった。

自由にして平等なる個人が、自発的な契約によって社会＝政治体を構成し得る、といったルソー風の社会契約論は、バルザックのものではなかった。バルザックの想定した社会とは、個人がたえず他の個人に対立し、社会という無名なものがたえず個人の生命と幸福をおびやかす、いわば星雲状のエネルギー空間である。これは、社会認識における一種の無政府主義であると言わなければならない。

十八世紀啓蒙哲学の根本には、道徳的・社会的存在として人間を見る際の楽観的な思想、つまり性善説があった。一方、ルソー風性善説ほどバルザックの思想から遠いものはなく、社会とは、これを放置するならば解体し、爆発してしまう恐るべきエネルギーなのである。そこから社会秩序を保障すべきものとして、強力な政治権力が必要であるという、バルザック特有の政治思想が生まれることになる。

『田舎医者』　その意味で『田舎医者』（一八三三）は、バルザックの政治思想をよく表す作品となっている。主人公の医師ブナシスは、かつてある女性に心から愛されながらも、青年期特有の軽薄さから、彼女を見棄ててしまった。女性は彼の子を生み、貧窮のうちに世を去る。のちにそれを知ったブナシスは、深い悔恨の念にとらえられ、一時は修道院に入ることも考えるが、結局、ローヌ＝アルプ地方の寒村の医師となる。同時に、ブナシスはその献身的な働きによって、貧困に苦しむこの村を豊かな地域社会に一変せしめ、住民の幸福のために一生を捧げる。この小説は、贖罪の物語であるとともに、地域開発をテーマにした社会的寓話であり、ユートピア小説でもある。注目すべきは、この物語の過程で主人公が開陳する政治論である。

「投票する人とは、議論する人のことです。議論の対象となった権力は存在し得ません。権力のない社会を想像できますか。（中略）こうした理由からして、選挙の原理は、現代の政府にとってもっとも有害なものの一つです」

「権力と法は、唯一人の人間の手になるものでなければならず、その人は、事の成りゆきからしてたえずその行為に対して一般の人々の賛同を求めざるを得ないのです」「以上からして、選挙権の大幅な制限、強い権力の必要、富者をして貧者の友たらしめ、貧者には諦めを命ずる強力な宗教の必要などが生じます。国民議会から直接の立法権を奪い、議会の機能は、税の問題と、法律の登記だけに限定することが、緊急に必要なのです」

この際、ブナシスの言葉は、作者バルザックの思想を代弁するものと考えて差し支えあるまい。とすればバルザックの政治理想とは、選挙権や議会の立法権を大幅に制限し、国政の最終責任者の権限を強化することにあった。しかもこの最終責任者は「一般の人々の賛同を求めざるを得ない」とするなら、この制度が想定している政治形態は、君主制というよりも、むしろのちにナポレオン三世が、第二帝政時代（一八五四―七〇）に実行に移すボナパルチスムを思わせるものであり、直接民主主義をとりこんだ独裁制というべきものである。近代市民社会への批判、個人主義への懐疑、世界全体を一種混沌たるエネルギーの総体と見るバルザックのヴィジョン、そういうものが、バルザックをしてこのような政治思想へと導いたのであった。

『ゴリオ爺さん』

先ほども述べたように、『人間喜劇』は、全体として同時代社会に対する批判を含むものであった。そのことをよく示しているのは、『田舎医者』（一八三三）の二年後に刊行された『ゴリオ爺さん』（一八三五）であろう。なぜなら、王政復古時代を背景とするこの小説のなかで、社会とは、強者が弱者を蹂躙《じゅうりん》する場所として示されているからである。また個人は、純粋な心情の持ち主であればあるほど、社会の被害者なのだということを、この作品は表しているからである。

『ゴリオ爺さん』は、父性愛の化身というべきゴリオの物語である。彼は、麵類や小麦粉の売買によって膨大な資産を築いた男だが、溺愛する二人の娘を上流の貴族に嫁がせるため、財産のほとんどを持参金として与えてしまい、自分自身は、貧しい下宿屋で暮らしている。娘たちは、やがてゴリオを自分たちの屋敷に迎え入れるのさえいやがるようになり、病に伏せる父親を見舞おうとすらしない。ゴリオの最後をみとるのは、同じ下宿屋に住む貧乏学生のラスティニャックと、友人の医学生ビアンションの二人だけである。

このように『ゴリオ爺さん』は、見棄てられた父親の物語で、社会の残酷さはゴリオの悲惨な運命を通していかんなく示されているのだが、他方から言えば、この小説はラスティニャックを主人公とする青春小説でもある。ラスティニャックは、貧しい田舎貴族の出身ながら、はなやかな出世を夢見てパリに出てきた青年である。ゴリオの悲惨な運命を通じて、ラスティニャックは、上流社会の酷薄さとその裏面を知るのだが、彼に、社会というものの実体をもっとも露骨に指し示すのはヴォートランである。

ヴォートランこと脱獄徒刑囚のジャック・コランは、堅気の市民を装って同じ下宿屋で暮らしているのだが、じつは、恐るべき反社会的かつ反道徳的な思想の持ち主である。彼に言わせれば、この現実の世のなかで出世しようと思うなら、悪事を働くことを恐れてはならない。成功とは、たくみな偽善によって装われた悪であり、財産の起源は、しばしば上手に隠された犯罪にすぎないからだ。要するに社会は、社会の原理を心得た強者と、無知で愚鈍な弱者からなっているのであって、弱者をふみつぶして前進することなしには、世の成功者となることはおぼつかない。

あらましこんなことを説いたあとで、ヴォートランは、具体的な悪事をラスティニャックに提案する。同じ下宿屋に住む純情な娘ヴィクトリーヌの父親は、タイユフェルという大金持ちなのだが、なぜか、彼女を自分の娘として認めようとしない。しかしヴィクトリーヌの兄を殺害してしまえば、父親は、ただ一人残された自分の子としてヴィクトリーヌを引き取らざるを得ず、ヴィクトリーヌには父親の膨大な財産がころがりこむことになる。しかもヴィクトリーヌは、ラスティニャックを愛しているのだから、ヴィクトリーヌとの結婚によって、ラスティニャックは労せずして大金持ちになるはずだ。ラスティニャックがただ黙って首をたてに振りさえすれば、ヴォートランは、さっそくこの犯罪（つまりヴィクトリーヌの兄の殺害）にとりかかる、自分への手数料は、得た財産の二十パーセントでいい、と言うのである。ラスティニャックは、ヴォートランの誘惑的な提案をかろうじてしりぞける。しかし、ラスティニャックには、ヴォートランの提案を断固としてしりぞけるだけの道徳的信念などないことは明らかである。

「神がいなければすべては許される」

ヴォートランの恐るべき社会批判を、そのままバルザックの思想とみなすことはむろんできない。しかし、バルザックがヴォートランの口を通して提起した問いかけには、のちにドストエフスキーが『カラマゾフの兄弟』の「大審問官」の章に記す、あの意味深長な「神がいなければすべては許される」という指摘につながるものがある。さらにはまた、ニーチェの言う「ヨーロッパのニヒリズム」(『権力への意志』第一書)にまで発展する問題意識が端緒としてそこに現れている。要するに、信仰という支えを失った近代社会の根底には、際限のないエゴイズムと不道徳と無政府状態が胚胎《はいたい》しているのではないか、ということをヴォートランの言葉は暗示しているのだ。

さてこのように『ゴリオ爺さん』は、作者の社会批判を表す作品となっているが、他方では、小説技法の面でも、この小説には重要な意義がある。というのは、いわゆる「人物再登場」の手法が、この小説ではじめて本格的に用いられているからである。

人物再登場

妹、ロール・シュルヴィルの『わが兄バルザック』(一八五八)によると、バルザックが、はじめてこの「人物再登場」の手法、つまり、同一人物をさまざまの異なった小説に登場させるやり方を思いついたのは、一八三三年、『ウージェニー・グランデ』執筆中のことだったという。

この手法を思いついたバルザックは、妹ロールのもとに駆けつけて、「ぼくに敬礼してくれたまえ。ぼくは、まさに天才になりつつあるんだから」と嬉しそうに言った、とロールは証言している。この「人物再登場」の着想の時期については異論もあり、一八三四年とする人もいるが、いずれにせよ、この技法が本格的に用いられるようになったのは、一八三五年刊行の『ゴリオ爺さん』からであることは間違いない。

たとえば、ラスティニャックは、『ゴリオ爺さん』以後も、たびたびバルザックの小説に姿を現し、私たちは、『ゴリオ爺さん』以外の作品によって、その後の彼が富と地位を手中にし、七月王政の時代、二度までも大臣を務めたことを知っている。また、脱獄徒刑囚のヴォートランは、『幻滅』（一八四三年）、『浮かれ女盛衰記』（一八四七）などにもその魁偉《かいい》な風貌を見せ、そして最後には、パリ警察の刑事部長の職におさまったことを読者は知るのである。

このように、『人間喜劇』中の異なった作品に繰り返して登場する人物、すなわち再登場人物は、『人間喜劇』全体では約六百人に及び、さまざまの文学的効果をバルザックの小説に与えている。

第一に、この技法のおかげで、『人間喜劇』中の作品は互いに関連しあいながら、全体として統一的な世界をかたちづくるものとなっている。登場人物はむろんそれぞれ過去の経歴をもっていることから、同じ人物が登場するということは、とりも直さず、小説と小説が物語の糸でつながることを意味するのだ。第二に、作者は、作品の随所で再登場人物について、あたかも現実の人物であるか

『ゴリオ爺さん』の末尾でペール＝ラシェーズの丘に立つラスティニャック

のように言及するのを忘れていないから、この手法は、『人間喜劇』の世界を、歴史上の現実に拮抗するもう一つの独立した現実であるかのような錯覚へと読者を誘う。第三に、『人間喜劇』の愛読者なら、再登場人物に小説中で出会うとき、すでに別の作品で描かれたその人物の過去の体験を想起するはずだ。この手法は、『人間喜劇』中の作品に、時間的・空間的な広がりを与えるのにも役だっている。

『ふくろう党』とともに文壇に登場して六年、『ゴリオ爺さん』を完成したバルザックは、すでに宇宙や社会について独特のヴィジョンをもち、同時にまた、バルザック小説に固有な技法をことごとく自家薬籠中のものとするにいたった。

バルザック小説の形成過程を振りかえって見ると、『ふくろう党』とともに作者は、歴史小説の手法を同時代に適用することを知り、ついで『私生活情景』によって、生活の細部を再現する術を学んだ。そして『哲学小説集』によって、人生をもっぱら情念による生命の消耗過程としてとらえる見方をも身につけた。さらに人物再登場の手法を思いつき、これらすべての要素が出そろって、いわゆるバルザック小説の型ともいうべきものが完成するのが『ゴリオ爺さん』においてなのである。

『ゴリオ爺さん』の末尾で、主人公のラスティニャックは、ペール＝ラシェーズの丘から、暮れなずむパリの市街を見おろしつつ、「今度は、俺とお前の勝負だぞ」と叫ぶ。これはむろん、いつの日かパリ社会を征服しようと決心した青年の野望に満ちた挑戦の言葉である。

一方、ラスティニャックを描き出し、『ゴリオ爺さん』を完成したバルザックは、現実の世界ではなく、言語の世界での征服を、つまり、十九世紀社会全体を再現するような雄大な作品、言葉によって構築された壮大な建造物のごときものの完成をめざすことになる。

V 『人間喜劇』の成立——一八三六〜四二

一　ベルニー夫人の死と『谷間のゆり』

ふたたび事業に失敗

一八三六年は、バルザックにとって不幸な年だった。この年、ベルニー夫人が世を去り、バルザックはかけがえのない長年の恋人を失った。のみならず、バルザックは、雑誌「クロニック・ド・パリ」（パリ時報）の経営に失敗し、そうでなくても多い借金をさらに膨大なものにしてしまったのである。雑誌の発行には多大の経費がかかる。しかも事業としては、かなり投機的な性質のもので、失敗すればむろん損失が発生する。事業の失敗にはこりごりしているはずのバルザックが、なぜ危険な企てに乗り出したのだろうか。あまりにも楽天的な性格がわざわいしたとしか言いようがない。

もっともバルザックには、自分の言論を自由に発表する場所を求めざるを得ない事情があった。それというのも、バルザックは、前年の十一月から『谷間のゆり』を「パリ評論」誌に連載していたのだが、同誌の編集長ビュロは、作者には無断で校正刷りをサンクト・ペテルブルグの「外国評論」誌に譲渡、同誌は『谷間のゆり』のテキストを、作者の校正を経ないまま発表してしまった。前にも書いたとおり、バルザックにとって校正は、作品執筆の重要な一部であって、第一稿は下書きのようなものにすぎない。バルザックが立腹したのはもちろんで、ビュロを相手どって訴訟を起こし、「両世界評論」及び「パリ評論」という二つの有力誌を支配するビュロとバルザックとは仇敵の間柄となった。

ビュロの影響下にあるジャーナリストからの激しい攻撃にさらされたバルザックとしては、自由に発言できる雑誌が欲しくなったのも無理はない。バルザックは、今回もまた借金を重ね、週二回刊行の「クロニック・ド・パリ」という雑誌を買い取り、みずから経営と編集に乗り出した。のみならず、この雑誌のために、おびただしい量の原稿も執筆したのであって、短篇や中篇をいくつも書いただけでなく、「国際政治欄」のような記事まで相当部分を自分で書いた。バルザックは、経営者兼編集者であり、同時に執筆者でもあったわけだ。

バルザックのもくろみでは、二千人の予約購読者を獲得するはずだった。しかし、一八三六年一月に二百八十八人だった購読者は、四月にはわずか十九人となった。結局、この年の七月、雑誌経営から手を引くまでのあいだに、バルザックは四万六千フランという大金を失い、一八三六年末における バルザックの借金は、実家への借りはべつにしても、十一万八千フランという多額のものになった。こうして、ほぼ十年以前、出版業、印刷業、活字鋳造業の経営がことごとく失敗したように、「クロニック・ド・パリ」の経営も失敗に終わった。ただ、外科医デプランの若き日の思い出を語る好短篇「無神論者のミサ」をはじめ、「禁治産」や「ファチノ・カーネ」など、バルザックがこの雑誌のために書いた作品だけが、色あせない輝きを今日まで保っているのだが。

イギリス生まれの伯爵夫人

一八三六年七月、バルザックは、「クロニック・ド・パリ」誌経営の失敗を忘れるためかのように、イタリアに向けて出発した。しかし、このイタリア旅行について語る前に、バルザックのもう一人の恋人、ギドボニ＝ヴィスコンチ夫人（一八〇四―八三）について述べなければならない。というのは、そもそもこの旅行は、同夫人からの依頼がもとになって企てられたものだからだ。

イギドボニ＝ヴィスコンチ夫人は、イギリス生まれで、結婚前の名をサラ・ローヴェルと言い、イタリアの名門貴族、エミリオ・ギドボニ＝ヴィスコンチ伯爵に嫁いだ。バルザックが夫人にはじめて会ったのは一八三五年二月のことで、オーストリア大使館で催された夜会の折りであった。夫人の肖像画は残っていないのでしかとはわからないが、金髪とばら色の肌が美しい官能的な女性だったらしい。

この年の三月、バルザックは、カシニ通りの住居を一時的に離れて、パリ市外、シャイヨ村のバタイユ通りに偽名で住居を借りている。それは債鬼を逃れるためでもあったが、同時に、ギドボニ＝ヴィスコンチ伯爵夫人との逢いびきの便を考えてのことであったかもしれない。というのは、夫人は、当時シャン＝ゼリゼ通りに住んでおり、バタイユ通りは、そこからそんなに遠くない距離にあったからである。バタイユ通りは現在はもう存在せず、バルザックの住居がどの辺にあったものかよくわからないが、シャイヨの丘の中腹にあって、セーヌ河の左岸右岸をともに見渡す眺めのいいところだったらしい。

ギドボニ＝ヴィスコンチ夫人宛てのバルザックの書簡はほとんど残っていない。したがって、二人の恋愛関係がどの程度持続したものか、これもしかとはわからないが、交友関係が、はるか後年にまで及んだことはたしかで、夫人は、バルザックに物質的援助を惜しまず、気前のいいパトロンとして終始した。ギドボニ＝ヴィスコンチ夫人にはじめて会ってから五年ほどたった一八四〇年、バルザックはハンスカ夫人宛ての書簡に次のように記している。

「お手紙にあったヴィスコンチ夫人は、限界というものがないほど希有な親切さをもちあわせた人で、大変優しい女性の一人です。上品で優雅な美しさをそなえ、私が人生に耐えるのを大いに助けてくれた人です。（中略）私は、二週間に一度だけ夫人と会っています。夫人と妹だけが、私にたいして思いやりの心をもってくれている人々なのに、そして妹はパリにいるし、ヴィスコンチ夫人はヴェルサイユにいるというのに、悲しいことに、この二人に私はほとんど会っていないのです」（一八四〇年二月十日付）

言うまでもなく、ハンスカ夫人とヴィスコンチ夫人は、恋愛上のライバルである。したがって、バルザックの筆致には、ヴィスコンチ夫人との間柄が疎遠なものになったことを強調する意図が感じられるのだが、それでも、夫人が「希有な親切さ」でバルザックを助け、一八四〇年の時点で二週間に一度は会う程度の親密さが保たれていたことがわかる。

イタリア旅行

さて、バルザックが一八三六年七月、イタリアに向けて出発したのは、ギドボニ＝ヴィスコンチ家の依頼により、同家の相続問題を解決するためだった。その頃、エミリオ・ギドボニ＝ヴィスコンチ伯爵の母親が死亡し、かなりこみいった相続問題を解決しなければならなくなって、法律にくわしいバルザックが代理人に選ばれたのである。

バルザックは、委任状を手にしてトリノに乗り込み、結果から言えば、たくみに問題を解決してヴィスコンチ家の期待にこたえた。考えてみれば、法律にくわしく、しかもヨーロッパ中に名声のとどろいている有名人のバルザックは、この種の代理人としては最適な人物だったかもしれない。バルザックに相当の謝礼が支払われたのはもちろんで、これは、ある意味でヴィスコンチ夫人による物質的援助の一種でもあった。

ベルニー夫人の死

一カ月近くに及ぶイタリア旅行を終えてパリに帰ると、留守中に到来した郵便物のなかに、一通の悲しい手紙があった。差出人は、ベルニー夫人の長男アレクサンドル、七月二十七日付で、ベルニー夫人の死去を知らせるものだった。

「これは訃報です。激しい苦痛と呼吸困難と過水症に、十日間にわたって苦しんだあと、母は、今朝九時に永眠いたしました。（中略）病気になる前、母は手紙類を整理し、三つの包みをつくりました。包みの一つには、母があなたを存じ上げて以来、あなたからいただいたすべての手紙が入っております。厳封され、毛糸で結ばれたこの包みを、死後ただちに焼却するようにと、母は私に厳命しました。これより一時間後に私は火を点じようと思っております」

バルザックがパリを出発したのは七月二十六日の晩であったから、その翌朝、ベルニー夫人は世を去ったことになる。もとよりバルザックは、しばらく前から、ベルニー夫人の病いが重いことを知っていた。しかしベルニー夫人は、病みおとろえた自分の姿をバルザックに見せたがらず、見舞いを拒み続けてきた。バルザックのほうも、「クロニック・ド・パリ」誌の経営に忙殺されていたし、イタリア旅行の準備に追われて、強いて夫人に会いに行こうとはしなかった。それに、いかに病いが重かろうと、まさか自分の旅行中に夫人が世を去るとは思わなかったにちがいない。結局、前年の十月にベルニー夫人を訪れたのが、バルザックにとって夫人に会う最後となった。

しばらく以前からベルニー夫人は、家族のもとを離れ、パリ南方の郊外フォンテーヌブローの森のほとりの別宅、ブーロニエール荘で暮らしていた。むろんバルザックは、ときおり夫人のもとに滞在し、二人は強い情愛の絆で結ばれてはいた。しかし、すでに五十代の後半にさしかかった夫人は、カストリ夫人、ハンスカ夫人など次々と上流の若い女性に夢をかきたてられているバルザックに、もはや単なる友情以上のものを期待できないことを知っていた。もっとも単なる友情という言い方は適切ではない。バルザックの感情はむろん友情以上のものであり、あるいは恋愛感情以上のものですらあった。夫人の死を知った直後のバルザックの書簡は、バルザックの受けた打撃がいかに大きかったかを示している。

「私が失った人は、母親以上の人、恋人以上の人でした。およそ一人の人間が他の人間に対してあり得る以上の人でした。（中略）彼女は、激しい嵐の間、私を言葉と行動と献身によって支えてくれました。私が生きていられるのも彼女のおかげですし、彼女は私にとってすべてでした」（ルイーズ宛て、一八三六年八月二十六日付）

ルイーズという、いかなる女性なのか判明していない謎の人物に宛てられたこの書簡を見ても、夫人の死とともに失ったものの大きさを、バルザックが十分に知っていたことがわかる。

『谷間のゆり』

こうしてバルザックは、ベルニー夫人が病いに苦しんでいるあいだにイタリア旅行にでかけ、ベルニー夫人の臨終に立ち会えなかった。バルザックの忘恩を責めるのも不可能ではないが、しかし、ほかのあらゆる場合にもそうであるように、このたびもバルザックは、実生活上でできなかったことを作品のなかで果たしていた。すなわち『谷間のゆり』という傑作のなかで、ベルニー夫人の死に先だって夫人の死を描き、夫人に対する感謝と礼賛の念をそこにこめていたからである。

『谷間のゆり』は、一八三五年の十一月から「パリ評論」誌に連載され、第二章「初恋」の半ばまでが発表されたところで中断された。前述のように未校正テキストがサンクト・ペテルブルグの「外国評論」誌に転載されたことにバルザックが立腹したためで、編集長ビュロを相手どって訴訟が起こされたこともすでに述べた。この訴訟は、一八三六年六月にバルザック勝訴の判決によって決着したのであるが、それに先だって、作者は同年四月から作品の完成を急ぎ、判決の直後に初版が刊行された。このような裁判ざたが、『谷間のゆり』の宣伝に一役買ったのは言うまでもない。

さてその『谷間のゆり』であるが、この小説は、バルザックが生まれた町トゥールからさほど遠くないアンドル川の谷間を舞台に、主人公フェリックス・ド・ヴァンドネスのモルソーフ夫人に対する恋を描いたものだ。二十歳を越したばかりの青年が、そのあらゆる情熱をかたむけて、年上の既婚女性を思い、思われた女性もまた青年を心から愛するが、しかし信仰ゆえにあくまでも貞潔を守り通すという、これはいささか中世の騎士道物語めいた恋愛小説である。だがフェリックスはパリに出て宮廷で出世し、ダッドレー夫人に誘惑される。ダッドレー夫人とフェリックスの情事を伝え聞いたモルソーフ夫人は、悩み苦しんで病いにかかって死ぬ。死の床に駆けつけたフェリックスに、夫人は自分の恋心がいかに強いものだったかを告白する。

あら筋を書けばこうなるが、もとよりこれでは、この小説の美しさを伝えることはできない。この作品の魅力は、「禁じられた恋」というか「かなわぬ恋」というか、人の世の掟によっては決して許されることのない恋にとらえられた二人の主人公の情熱の激しさと、モルソーフ夫人の美しく高貴な姿、そして背景をなすアンドル川の谷間の明るい自然などからくるものであろう。

著者は、フランスに行くと、しばしばこのアンドル川の谷間を訪れる。二百年前と同じように今もアンドル川は、緑したたる谷間をゆっくりと流れ、水車が回り、谷の斜面には、モルソーフ夫人の住居、クロシュグールドの城館のモデルとなったヴォーヌの館が、バルザックの時代と変わらぬたたずまいを見せている。

この作品が書きはじめられたころ、ベルニー夫人の病いはすでに重く、バルザックは夫人の余命がすでにいくばくもないことを知っていた。この小説は、ベルニー夫人の死に先だって書かれた夫

ヴォーヌの館（クロシュグールドの館のモデル）

人への追悼の詩であり、葬送の祈りであったと見ることができる。とはいえ、ベルニー夫人の人となりが、ありのままにモルソーフ夫人を通して描き出されているというわけではない。

現実のベルニー夫人は、モルソーフ夫人のように信仰のために貞潔を守ったわけではなかったし、小説中のモルソーフ夫人は、現実のベルニー夫人よりもはるかに美しくて若い。ただ、若き日のバルザックにとってベルニー夫人の存在が意味したもの、恋人であり母であり教育者であった夫人の存在の意味を、小説を書きつつ作者はみずからの心に問い、過ぎ去った青春の日々への愛惜の念を作品にこめたのである。

バルザックは、「ベルニー夫人は、十五年前に私が約束した王冠によってついに飾られたのです」（一八三六年八月二十一日付、ハンスカ夫人宛て書簡）と、『谷間のゆり』刊行の直後、この作品について語っている。してみれば、『谷間のゆり』は、ベルニー夫人の愛の栄光を讃えるために書かれ、夫人の額にのせられた王冠だったのである。そうである以上、モルソーフ夫人が現実のベルニー夫人より、はるかに理想化された姿で、作品中に描かれたのも当然と言わなければならない。実際、モルソーフ夫人の死への道程は、霊と肉の戦いをへながら、夫人が一種の聖性を獲得する過程である。

「モルソーフ夫人の死の美しさを理解しない無知な人々がいます。彼らは、この死が肉と霊の戦いであることがわからないのです。この戦いこそは、キリスト教の基礎をなすものなのですが」（一八三六年八月二十二日付、ハンスカ夫人宛て書簡）

このようなバルザックの言葉からしても、『谷間のゆり』の主題が、肉と霊の対立を描くところにあったことは確かである。しかしこの対立は、結局は霊の勝利によって終わる。『谷間のゆり』の最後は、純化され聖化された夫人の魂が、はるかな天上をめざして、この地上を去るところで終わっている。それは、セラフィトゥス・セラフィータが天使となって昇天するところを描いた『セラフィータ』の末尾を思わせる。

ほぼ同時期に執筆されたこれら二つの作品には、天上的なものへのあこがれが強く表現され、しかも『谷間のゆり』においてこのような感情は、騎士道物語風の女性崇拝に結びついている。この作品が、神秘的・ローマン的恋愛感情の物語となったゆえんである。

日本における『谷間のゆり』

『谷間のゆり』は、おそらくバルザックのあらゆる小説のなかで、日本でもっともよく読まれている作品であろう。大正九年に八木さわ子によって初訳がなされて以来、すでに十種類以上の邦訳を数える。堀辰雄はバルザックが好きではなかったが、遠藤周作によれば、『谷間のゆり』だけは別だったそうだ。

『人間喜劇』のなかで、日本では『谷間のゆり』がもっともよく読まれると言えば、フランス人は驚く。フランスでは、むしろ『ゴリオ爺さん』や『幻滅』が代表作とされているからである。むろん『人間喜劇』は全体として読まれるべきで、そのうちのどれが代表作かを論ずることにあまり意味はないわけだが、しかし、『人間喜劇』のあらゆる小説のなかで、バルザックの心の奥深い部分、もしかしたら最良の部分を表現しているのは『谷間のゆり』ではないかと筆者は思っている。かつてエミール・ファゲ（一八四七—一九一六）のような批評家に酷評されたせいで、フランスでの『谷間のゆり』の評価は不当に低く、むしろあまりバルザック的でない作品とみなされやすい。しかし、『風俗研究』の最後に置かれ、現実世界を描く『風俗研究』と、観念や理想の世界を描く『哲学研究』との橋渡しをなすものとして位置づけられた（一八三五年三月十一日付、ハンスカ夫人宛て書簡）この作品を、筆者は、バルザックの最良の作品の一つと信じて疑わない。

二 財政状態の悪化

一八三七年のバルザック

苦労の多かった一八三六年が終わり、明けて一八三七年となったが、バルザックの財政状態は悪くなる一方だった。一八三七年二月の家計簿の一節は、この有名作家の窮乏が極限に達したことを示している。

「二月五日、急いでいたので、公設質屋の門衛に一フラン。六日、質屋に行くための馬車に四フラン。質屋の門衛に二フラン。カシニ街の門衛が、馬車が差し押さえられた旨、知らせにきた。一フラン二十五サンチーム。十二日、客を食事に招待、ビュイソンに二十フランを返却」（ブーヴィエ、メーニャル共著『バルザックの劇的会計』による）

この一節は多くのことを語っている。このころバルザックは、日々の暮らしにも事欠き、しばしば公設質屋を利用していたことがわかる。しかも時間がないバルザックは、行列の順番を繰り上げてもらうため、門衛にチップを渡している。借金取りから逃げるため、カシニ通りの自宅を離れて居を転々と移しているあいだに、自宅の馬車が差し押さえられたこともわかる。のみならず、洋服屋のビュイソンから、二十フランというはした金を借り、急いで返したことも想像される。バルザックは、仕立て屋ビュイソンの得意客であったが、この得意客はほとんど仕立て代を払わなかった。したがって、ビュイソンへの借金は数千フランに達していたはずだが、食事代に窮したバルザックは、二十フランをビュイソンから借り、客との食事が終わったあと、急いでその二十フランだけを返したものと思われる。

ついでに書くと、このビュイソンにとってバルザックは、徹底的に払いの悪い客だったが、そのかわり、小説のなかで宣伝をしてくれた。『人間喜劇』にあまた登場するダンディーたち（たとえばフェリックス・ド・ヴァンドネス）は、かならずビュイソン仕立ての服を着ているからだ。

イタリア再訪

せっぱつまったバルザックを救ったのは、このたびもギドボニ゠ヴィスコンチ夫人だった。ギドボニ゠ヴィスコンチ家の相続問題には未解決の部分が残っており、その処理と、あわせて不動産の売却のために再度バルザックがイタリアに派遣されることになったからである。

一八三七年二月十四日、バルザックはミラノに向けて旅立った。十分な旅費や委任状を渡されていただけでなく、紹介状も多数もらっていた。パリでは日常の生活費にも窮するバルザックだったが、ミラノでは、今をときめく流行作家として、上流社交界でもてはやされたのだ。

用件をすませたあと三月にはヴェネツィアを訪れ、ついでいったんミラノに戻ったあとジェノヴァに行った。このジェノヴァでバルザックは、ペッツィという商人から耳寄りな話を聞いた。古代ローマ人が銀を採取したあとのおびただしい鉱滓《こうさい》がサルディニア島に放置されているが、現在の進歩した技術を利用すれば、この鉱滓からいくらでも銀がとれるというのである。借金で首が回らないバルザックに、この話が強い印象を与えないわけがない。が、さしあたりはペッツィに鉱滓の見本を送るよう頼んだだけで、バルザックは旅行を続けた。パリに帰着したのは五月三日で、二度目のイタリア旅行は三カ月近くに及んだことになる。

サルディニアの夢

二度に及んだイタリア旅行の前後、パリでのバルザックは、債権者に追われつつ、ほとんど強制労働にもひとしい執筆活動を続けていた。たとえば一八三七年末、『セザール・ビロトー』(一八三七)を完成するため、「私は、もう一週間も眠らずに執筆を続けています」と、バルザックはジュルマ・カロー宛てに報じ、続いて「十二月十日になったら、私は死にかけているでしょう」(一八三七年十一月二十二日付消印)と書いている。

『セザール・ビロトー』は、新聞の予約購読者向けの景品として約束された小説だったから、十二月十日と定められた期限に一日たりとも遅れることは許されなかったのである。パリの中心部、マドレーヌ地区の土地投機に失敗して破産したあと、借金を返済して名誉を回復するため、日夜を分かたずに働き続けるセザール・ビロトーの姿は、ある意味でバルザック自身の自画像でもあった。こういうバルザックが、イタリアの商人ペッツィからささやかれた儲け話を思い出さないはずがない。

一八三八年三月、バルザックは、サルディニア島に向けて出発する。ギドボニ＝ヴィスコンチ家から十分な旅費を支給されたこれまでのイタリア旅行と違って、今度は自前の旅である。乗り合い馬車の屋上座席という、値段は安いがいたって乗り心地の悪い場所で、四泊五日揺られてマルセーユに着いたあと、さらに船を乗り継ぎ、サルディニア島では、馬に乗って十七、八時間ものあいだ、草原と原始林を横切って行かなければならなかった。

こうして現地に着いてみると、ペッツィは、すでにマルセーユの会社と契約を結び、正規の認可も得て銀の採取事業をはじめていた。鉱滓には十パーセントの鉛が含まれ、鉛には十パーセントの銀が含まれていたというから、もう少し早く事業に乗り出していれば、バルザックが相当の収入を得たことは疑いの余地がない。印刷業や雑誌経営の場合と異なり、事業を実際にはじめたわけではないが、文筆以外の方法によって収入を得ようとするバルザックの企てはこのたびも見事失敗に終わったことになる。

ジャルディ荘

六月にパリに帰ったバルザックは、留守中にダブランテス公爵夫人が亡くなったのを知った。公爵夫人の晩年は不幸で、極貧のうちに五十四歳で世を去った。「ダブランテス公爵夫人は、世を終えました。ちょうどナポレオン帝政が終わったように」(一八三八年八月八日付)と、バルザックはハンスカ夫人宛て書簡に書いている。公爵夫人の死は、ベルニー夫人の死のような激しい衝撃をバルザックに与えたわけではなかった。それでも若い頃の恋人に死なれ、バルザックはいまさらのように青春の終わりを感じたことであろう。このころ書かれたハンスカ夫人宛て書簡には、悲痛な調子がただよっている。

「私は老い、伴侶の必要を感じています。フォンテーヌブローの森のかたわら、村の墓地に眠る愛する人(引用者注 ベルニー夫人)のことを、私は毎日のようになつかしく思い出しています。(中略)私以上に家庭生活に向いた人間はいないのですが、しかし、良き幸福な結婚というものを、私はもう期待していません。私の心には、重苦しいほどの悲しみがあり、それを私は、あなたにしか言うことができないのです」(一八三八年十一月十五日付)

この手紙が書かれた当の相手のハンスカ夫人を、「伴侶」としてバルザックが得るのは、はるか後年の一八五〇年のことにすぎない。「私以上に家庭生活に向いた人間はいない」とバルザックは書いているが、彼には人生の伴侶どころか、じつは家すらもないのであった。債権者から逃がれるために、カシニ通りの自宅を離れて以降、バルザックはバタイユ通りなどに偽名で借りた住居を転々とし、ときにはギドボニ＝ヴィスコンチ夫人の家に身をひそめることもあった。当時の法律では、借金を返さない商人（バルザックは商人ではなかったが、元印刷業者ではあった）は、投獄されることもあったから、笑い事ではなかった。

そこでバルザックが考えたことは、パリ市商事裁判所の管轄外にあって、執達吏がこない郊外に家を買うことだった。

一八三七年九月、バルザックはパリ西方の郊外のヴィル＝ダヴレーに土地を買った。少しずつ買い足していった結果、翌一八三八年には、購入した土地の総面積は二千六百平方メートルになっていた。土地代金の大半は、ギドボニ＝ヴィスコンチ家から借りて支払われたものと思われる。購入した土地には二階建ての農家が建っていたが、むろんバルザックはそこに住む気はなく、ただちに新築工事がはじめられ、一八三八年の七月半ばにバルザックは新居に移り、その家をジャルディ荘と名づけた。

「私の家は、王室庭園に隣接するサン＝クルーの山というか、丘というか、とにかくその南斜面の中腹にあります」と、一八三八年八月七日付で、バルザックはハンスカ夫人に報告している。この同じ手紙によれば、西にはヴェルサイユの森を見、東にはパリ市外をセーヴルごしに見晴らせて、その向こうにムードンやベルヴュの丘まで望めるという絶景の地で、ヴィル＝ダヴレーの谷間にいたっては、スイスの谷間もさながらに緑にあふれているというのだ。しかも、バルザックの家のすぐそばには、パリとヴェルサイユをつなぐ鉄道駅が建設される予定になっているから、パリの中心部には十分で行ける、シャイヨのバタイユ通りからは都心に出るのに一時間もかかったのだからなんという便利さだ、とバルザックは続けている。

立地条件のよいことはこれでわかったが、次に建物の話になるとなんとなく奇妙な感じになってくる。「家は、オウムの止まり木にそっくりで、四階建ての各階に部屋が一つずつあります。一階には食堂と客間、二階には寝室と化粧室、三階には書斎があって、今そこで真夜中にこの手紙を書いているところです」というわけだから、上にばかり延びたまるで塔のような家である。しかも、各階をつなぐのは外階段で、バルザック自身の言葉によると、これは階段というよりも「梯子に似ている」のである。

ジャルディ荘を建てる際、バルザックが階段をつくるのを忘れたという話があるが、べつに忘れたわけではなさそうで、こういう塔のような家をつくろうとした結果、屋内には階段室をとる空間がなくなったらしい。

なぜこういう妙な家を建てたかという疑問がわいてくるが、私の想像では、バルザックは見晴らしのよい家をつくろうとしたのだ。だいたいバルザックの住んだ家は、このジャルディ荘も、その前に住んでいたシャイヨの家も、現在バルザック館になっているパッシーの家も、みなことごとく丘の中腹にあって眺望のよいところである。

眺望を好むのはバルザックに限らないが、塔のような家を建て、その上のほうに書斎をしつらえたのは、おそらく日常生活の音や雰囲気から離れ、執筆に没頭するためだったにちがいない。バルザックに妻子はいなかったが、使用人はいた。現実を忘れ、物語の夢のなかに没入するには、孤立した空間が必要だったのだろう。

ジャルディ産のパイナップル

テオフィル・ゴーチエの思い出（「アルティスト」誌、一八五八年四月八日号）によると、ジャルディ荘の庭の南斜面を利用して温室をつくり、パイナップルを栽培する計画をバルザックは立てたらしい。輸入品のパイナップルは普通一つ二十フランぐらいするが、ジャルディで栽培すれば五フランで売っても引き合う。パイナップルの木を十万本植えたとして、年に四十万フランの利益が見込める。バルザックとゴーチエは連れだって、モンマルトル大通りに、パイナップル屋を開くための店舗を探しにいった。「ジャルディ産のパイナップル」と大きく黒字で書き、それを金で縁取るという看板の趣向まで決めてあった。バルザックには、巨大なガラス屋根の下で、金色のパイナップルがたわわに実る様がもうありありと見えていたのだ。ジャルディ荘に帰り、窓外で雪がしんしんと降りつもるのを見ても、バルザックの確信は少しもゆるがなかった――とゴーチエは書いている。

地盤が悪いせいで、塀を何度も建て替えたり、借金に借金を重ねたり、苦労の多かったジャルディ荘だったが、結局、バルザックはそこに長くは住めなかった。管轄がパリの裁判所から、ヴェルサイユの裁判所に移っただけで、またもやバルザックの家は、執達吏や債権者に取り囲まれはじめたからだ。

ジャルディ荘を逃げ出したバルザックは、パッシーのバッス通り十九番地（現在のレヌアール通り四十七番地）に、ブリュニョール嬢の名で家を借りて移った。一八四〇年十月のことで、以後二度とジャルディ荘に戻ることはなかった。一八四一年四月、および一八四二年七月の二度にわたって、ジャルディ荘の土地と建物は競売に付されることとなったからである。

ちなみに、このあと六年半ばかりのあいだバルザックが居住することになるパッシーは、現在でこそパリ第十六区の住宅街だが、当時は市外の村で、この村が、先に述べたシャイヨや、パッシーの南にあるオトゥーイユとともにパリ市に編入されるのは、一八六〇年のことにすぎない。

「まるで初めから存在しなかったかのように」

ジャルディ荘の購入が、バルザックの借金をますますふくらませたことは言うまでもない。借金に悩まされ続けたバルザックではあるが、一八三九年から四六年ごろにかけては、バルザックが借金返済のためにもっとも過酷な生活を強いられた時期である。

一八三九年末、バルザックの借金は総額で二十三万三千六百二十フランとなり、このうちジャルディ荘関連の借金は五万五千二百五十八フランである。

このころ、ハンスカ夫人に宛てられた手紙を読むと、債権者の群れに追われて逃げ惑いながら原稿を書く自分の生活に、バルザックがつくづくいや気がさしていたのがわかる。

「あらゆる人がいちどきに金を要求してきます。近ごろは、こういう生活はもうほったらかしてしまいたいような激しい欲望に襲われます。自殺しようというわけじゃありません。自殺なんてやはり愚行だと思っていますから。そうではなくてモリエールのジャック親方（引用者注　モリエールの『守銭奴』に出てくる従僕。料理人から御者までなんでもこなす）じゃありませんが、御者の服を脱いで、料理人の服を着たいのです。つまり、私の作品もジャルディ荘も借金も家族も名前も、私にかかわるものには全部死んでもらい、それらは、地面に埋めてしまって、まるではじめから存在しなかったかのようにしてしまいたいのです。それから遠い国、北アメリカか南アメリカに、べつの名前、べつの体で行き、人生をやり直したい、もっと楽しい人生を送りたいのです」（一八三九年八月）

この手紙には、バルザックにとってもう文学も作品も、どうでもよくなっているような印象がある。文学上の成果について、並はずれた野心を抱いていたバルザックがここまで言うからには、自分の生活によほど疲れていたにちがいない。

三　『人間喜劇』の主題

『人間喜劇』のほうへ

しかし、奇跡とも言うべきは、こうして債鬼に追われ、居所を転々としながらも、バルザックが、『人間喜劇』中の名作の数々を確実に積み重ねつつあったということだ。『谷間のゆり』以降の代表的な作品を列挙するなら、フランス最初の新聞小説となった『老嬢』(一八三七)、すでに言及した『セザール・ビロトー』(一八三七)、由緒ある田舎貴族の家柄が崩壊する過程を描いた『骨董室』(一八三九)、秘められた罪と贖罪と、そして貧しい村の復活の物語でもある『村の司祭』(一八四一)、恐るべき物欲と悪の物語『ラ・ラブイユーズ』(一八四二)、自らの情熱に生きた女性と、家庭の幸福を選んだ女性を対照的に描いた『二人の若妻の手記』(一八四二)、滅亡する封建貴族たちの悲劇的な運命を主題としつつ、宿命に対して果敢に抵抗するサン・シーニュ嬢を描く『暗黒事件』(一八四三)等々である。ここにあげたのは、『谷間のゆり』以降に刊行された作品のごく一部にすぎない。文壇登場以来わずか十年余、バルザックはおびただしい量の作品を完成していた。

したがって、すでに刊行された作品をまとめ、一種の全集として集大成しようという考えをバルザックがいだいたとしても不思議はない。というよりも、すでに早い時期から、バルザックは自分の小説を個々ばらばらのものではなく、まとまりと体系をもったものとして意識していた。一八三〇年刊の『私生活情景』はその最初の現れだったし、『十九世紀風俗研究』(一八三四―三七)全十二巻は、『私生活情景』『地方生活情景』『パリ生活情景』の三つの「情景」からなっていて、バルザック小説の集大成をすでに予感させている。『哲学研究』(一八三五―四〇)全二十巻の刊行もまた、バルザックの作品の体系化の重要な一段階だった。

しかしこのような体系化の意図が完全なかたちで実現するのは、一八四二年刊行開始の『人間喜劇』によってである。『人間喜劇』という題名が初めてバルザックの手によって記されるのは、一八四〇年初め、ある出版業者に宛てられた手紙のなかにおいてで、バルザックは、自分の作品を『人間喜劇』の総題のもとに刊行しないかと提案している。フュルヌ、エッツェル、ポーラン、デュボシェという四人の出版業者とバルザックとのあいだに、『人間喜劇』について正規の出版契約がかわされたのは、一八四一年十月二日のことで、翌四二年から四六年にかけて『人間喜劇』全十六巻が刊行され、四八年には補巻として第十七巻が追加された。

こうしてその全容を見せた『人間喜劇』は、『風俗研究』『哲学研究』『分析研究』の三部門からなり、さらに『風俗研究』は、『私生活情景』『地方生活情景』『パリ生活情景』『政治生活情景』『軍隊生活情景』『田園生活情景』の六つの情景からなっている。

収められた作品の総数は、数え方によって異なるが、長篇・中篇・短篇をとりまぜて、八十数篇から九十一篇に及んでいる。フランス文学史上かつて例を見ない雄大な作品群である。ちなみに『人間喜劇』*La Comédie humaine* という題名は、ダンテの『神曲』*Divina commedia* から思いつかれたと言われる。そうとすれば *la comédie* は「喜劇」ではなく、たんに「劇」を意味することになる。

『人間喜劇』の三部門がそれぞれ意味するところについては、ハンスカ夫人宛ての書簡に簡略な説明がある。この有名な書簡は、一八三四年十月二十六日付のもので、『人間喜劇』の刊行開始にはるか先だって、作者にはすでに作品の全体についての構想があったことがわかる。この手紙によると、『風俗研究』は、あらゆる社会現象を「結果」において表すもので、生活の状況、性格、生き方、社会分野、職業、地方など、何一つ省略することなしに表現するものである。「あらゆる分野について書かれた社会史」であるこの『風俗研究』が作品全体の基礎で、そのうえに「第二層」として『哲学研究』がくる。これは、社会現象の「原因」を表すもので、生活や感情のよって来たるところのゆえんを表す。

こうして結果と原因を示したあと、『分析研究』においては、「原理」を究明しなければならない。ただしこの最後の『分析研究』は、『人間喜劇』のなかの書かれざる部分で、実際上、作者によって完成されたのは『結婚の生理学』一作のみである。

ロダンのバルザック像（ロダン美術館庭園）

『人間喜劇』総序文

『人間喜劇』は、四人の出版業者の共同企画による出版だったが、代表格のフュルヌの名をとって通称フュルヌ版とよばれる。

さてこのフュルヌ版の第一巻には、作者による総序文がついている。『人間喜劇』の意図と思想について記した堂々たる文章である。冒頭、バルザックは、『人間喜劇』の構想も、はじめは夢のようなものでしかなかったと言う。なるほどそういうものにちがいない。どんなに偉大な事業も、はじめはただの夢なのだ。ついで、動物界と人間社会の類比が述べられる。動物に「種」があるように、社会にも「種」があり、作者はそのあらゆる種を描くのだと言う。

「自然」と「社会」の類比という考え方は、バルザックの信念であったとともに、オーギュスト・コントをはじめ、十九世紀前半の多くの人々をとらえた思想であった。その背景には、自然科学、とりわけ生物学の発達がある。

こうしてバルザックは、社会についての博物誌を完成するのだと述べる。もっとも、動物界と異なって人間社会には情念があり、思想があり、つまりは歴史がある。そこで、風俗の歴史、生活の歴史を完成することになる。古代のエジプトやギリシアやローマやペルシアについては、残念なことに生活の歴史が残されていない。しかし、十九世紀フランスについては、自分がそれを書き、社会をその全体において再現するのだと言う。のみならず、バルザックは、社会現象の隠された意味をも明らかにするつもりだと記している。そうなると、当然、社会についての作者の見方が問題になる。こうしてバルザックは、君主制とキリスト教についての自分の信念を語り、ルソーを批判して、人間は本来善でも悪でもなく、社会はむしろ人間を完成するものだと言う。さらに、社会の真の単位は個人ではなく、あくまでも家族であると述べる。続いて個人に進歩はあっても、社会に進歩はないとする。

「総序文」を大雑把に要約すれば以上のようになるが、よく言われるように、そこには反啓蒙主義者で、反フランス革命の政治思想家ボナルド（一七五四—一八四〇）の影響がうかがわれる。近代社会の成立こそ『人間喜劇』の真の主題だが、皮肉なことにバルザックは、近代社会の動因となった自由や進歩の思想を少しも信じていなかった。しかしむしろ信じていなかったからこそ、近代社会成立の実相というものを赤裸々に示すことができたのかもしれない。

Ⅵ 枯渇と終焉——一八四三〜五〇

一　ハンスカ夫人との再会

パッシーの家

一八四〇年十月、ジャルディ荘を逃げ出したバルザックが、パッシーに家を借りて移り住んだことはすでに述べた。現在、パリ市所管のバルザック館になっているこの家は、バルザックのように債権者に追われるものには、まことに好都合にできている。パッシーの丘からセーヌ河へと下る丘の中腹に位置し、バッス通り（現在のレヌアール通り）からは、平屋建てに見えるが、下手のロック通り（現在のベルトン通り）からは三階建てに見える。つまり最上階の三階だけがバッス通りから見えるわけで、この三階を借りたバルザックは、債権者が押しかけてくると、階段を伝って庭に降り、裏手のロック通りに逃げ出すことができた。しかも訪問者は、ブリュニョル夫人に面会を求めたあと、あらかじめ決められた合い言葉を言わなければ屋内に請じ入れてもらえない仕掛けになっていた。バタイユ通りに住んでいたころ、デュラン夫人という架空の名を言い、「すももの季節になりました」とか、「ベルギーのレースをもってきました」などと言わないと、バルザックに会えないようになっていたが、同じ工夫をパッシーの家でもこらしたわけである。

現在のベルトン通り
（昔のロック通り）

バルザックがパッシーに借りた家
（現在パリ市所管バルザック館）

ただし今度は、デュラン夫人でなく、ブリュニョル夫人で、しかもこのブリュニョル夫人は実在していた。夫人はルイーズ・ブリュニョルといい、一八〇四年生まれだから、そのころはまだ三十歳代で、バルザックの家に家政婦として入ったのは、女流詩人のデボルド＝ヴァルモールの推薦によるものだった。夫人とバルザックとの関係は、いつしか単に主人と使用人の関係以上のものとなり、結局、一八四七年まで、夫婦も同様にパッシーの家で生活をともにすることになる。のみならず、この有能な女性は、家事の切り盛りはむろんのこと、債権者や出版業者との交渉などもこなした。デボルド＝ヴァルモールは、彼女のことを「魅力的」で「美しい」人だと言っているし、パッシーの家で一時期同居していたバルザックの母親は、「正直さと思いやりそのものの人」と言っているから、なかなかすぐれた女性だったにちがいない。

　この女性の存在がハンスカ夫人に知られたとき、ハンスカ夫人が即刻手を切るように要求したのはもちろんで、その結果、かなり不愉快な事件が起こることになるが、それはまたあとの話である。

その後のハンスカ夫人

一八三四年一月の「忘れ難き日」、ジュネーヴで、バルザックがハンスカ夫人の愛人となり、前年にヌーシャテルで交わされた愛の誓いを確認しあったことはすでに述べた。翌一八三五年の五月から六月にかけて、バルザックは、ハンスカ夫人に再会するためウィーンに出かけている。そのころ、ハンスキ夫妻は、このオーストリアの首都に滞在中だったからである。

しかしウィーンでは、バルザックは十分な幸福を味わうことができなかったようだ。おそらく二人だけでゆっくりと会う機会がなかったのであろう。「愛するエヴよ、私は、こんなに幸福だったこともなかったし、またこんなに苦しんだこともなかった。活発な想像力以上にさらに熱烈な心をもつとは、完全な幸福が、日々の渇きを癒してくれない場合には、天の悲しい贈り物だ」（一八三五年六月付）と、バルザックは、ウィーンを去るにあたってハンスカ夫人、エヴェリーナに書き送っている。

その後、二人は数年にわたって再会することなく、バルザックからハンスカ夫人宛てに送られる手紙もしだいに間遠になっていった。一八三九年には四通、一八四〇年には六通の手紙がハンスカ夫人に宛てて送られているにすぎない。その間、むろんバルザックはハンスカ夫人に会いに行くことを思わないではなかったが、その時間も旅費もなかった——というよりも、バルザックはハンスカ夫人に対し、しだいに多くを期待しなくなっていたというべきであろう。時間と費用ならなんとかなるのが世の常なのだから。バルザックにとってハンスカ夫人は、ウクライナの遠い星になりつつあったのだ。この星がにわかに輝きを増したのは、一八四二年一月にバルザックが受け取った一通の手紙によってである。

それは、前年の十一月に夫ハンスキ氏が死去したことを知らせる訃報であった。この一通の訃報がバルザックの人生を根底から変えることになった。なぜなら、ハンスカ夫人との結婚こそ、その後のバルザックにとってただ一つの夢、人生の最大の目標となったからである。

ハンスカ夫人からの訃報が届いたあと、バルザックはすぐにでも夫人のもとに行きたい旨の返事を書いた。しかし、それに対する夫人の返事はすげないものだった。ヴィエシュホーヴニャにきてはいけないこと、自分は余生をもっぱら一人娘アンナの養育に捧げたいことなどをハンスカ夫人は手紙に書いてよこした。これに対してバルザックが、抗議の手紙を送ったのは言うまでもない。しかし、バルザックの希望に反して、結婚など差し当たり無理なことは、ハンスカ夫人の態度からして明らかであった。『人間喜劇』の作者には当然わかっていたことであろうが、ハンスカ夫人にもそれなりに思うところもあれば、都合もあった。

死んだハンスキ氏は、教養もすぐれ、夫として寛大な人物であった。夫に死なれたあと、ハンスカ夫人が一時的にせよ罪の意識を感じたとしても不思議はない。それに、夫亡きあと夫人は、さまざまな問題を処理しなければならなかった。ハンスカ夫人は、ハンスキ家の全財産の受益権を相続したが、これについて、亡夫のいとこから疑義が出されていた。この問題は訴訟にもちこまれることになるが、当時ポーランドの貴族は、ロシア皇帝の実質上の支配下にあり、口実をもうけてポーランド貴族の財産を没収することは皇帝にとって望むところだった。ハンスカ夫人としては、スキャンダルめいたことは細心の注意をもって避けなければならない立場で、夫亡きあと、フランス人の小説家を館に迎え入れるなどとんでもない話なのであった。

「ロシア人になりましょう」

一方、バルザックにしてみれば、債権者に追われながら、強制労働にも似た執筆生活を続けるのにつくづくいや気がさしていた。「私はといえば、肉体的にも精神的にももう限界です」（一八四二年四月四日付）、「十五年間にわたるたえまない労働のあとで、私はもう一人ではこの戦いを支えることができません」（一八四二年四月二十九日付）と、バルザックはハンスカ夫人宛て書簡で書いている。

健康上もよくない兆候が現れはじめていた。瞼がたえまなく痙攣《けいれん》し、主治医であり友人であるナカールは、二週間の安静を命じた。ポーランドでもロシアでもどこでもいい、とにかく、債権者と出版業者のいないところに行って、ハンスカ夫人と静かに暮らしたいというのが今やバルザックの唯一の願望であった。「私は、あなたさえ差し支えなければ、ロシア人になりましょう。ロシア皇帝に会いにいき、結婚に必要な許可をもらいましょう」（一八四二年四月九日付）とまで、バルザックは手紙に書いている。

サンクト・ペテルブルグにて

ハンスカ夫人と再会する機会がようやく訪れるのは、一八四三年のことである。ハンスカ夫人は、相続問題を解決するため、当時はロシアの首都であったサンクト・ペテルブルグ（旧ソ連時代のレニングラード）に前年から滞在していた。そしてこのロシアの都にいる夫人に会いにくることを、ようやくハンスカ夫人はバルザックに許したのである。バルザックは四月十七日にパリを発ち、サンクト・ペテルブルグに到着したのは同月の二十九日である。

ハンスカ夫人に合流したバルザックは、世間体をはばかって一緒に暮らすことこそできなかったものの、二人は毎日のように顔をあわせた。二人が自由に会い、語りあえるのはこれがはじめてであった。二年後、バルザックは「私たちの自由な語り合いの最初のとき、私たちの魂の結婚の曙」（ハンスカ夫人宛て書簡、一八四五年十二月十二日付）と回想している。バルザックの喜びは想像に難くないが、一方、ウィーンでの一別以来七年を経て、夫に先だたれた身となったハンスカ夫人は、バルザックに再会して何を感じたのであろうか。すでに述べたように、ハンスカ夫人のバルザック宛て書簡は、二通を除いて残っていない。それだけに、サンクト・ペテルブルグ滞在中に記され、今日に伝わったハンスカ夫人の日記は、夫人の心境をうかがううえで、きわめて貴重な資料であると言わなければならない。ハンスカ夫人のこの自筆日記のなかには、バルザックが書いた次のような言葉が挿入されている。これはおそらく、サンクト・ペテルブルグを去るにあたって、ハンスカ伯爵夫人のために記された別れの言葉であろう。

「私は伯爵夫人に、ウィーン以来会いませんでしたが、夫人は当時と同じほど若く、同じほど美しかったのです。七年間の別れの期間があり、その間、夫人は小麦の荒野で、私はパリの広漠たる人間の荒野で過ごしました。（中略）私が夫人にいだいた感情は、一般原則とは反対に、不在のあらゆる悲しみ、私を襲ったあらゆる失望によって、かえって大きくなったのです」（「ハンスカ夫人の日記」「バルザック年鑑」一九六二年号所収）

バルザックがパリに帰って数カ月を経たその年の暮れ、ハンスカ夫人はこのバルザックの文章を読み返し、次のように日記に記している。

「（……）月日が去り、私はなにもこの日記に書かなかった。それどころか、神聖なものとなったこの日記帳を開きさえしなかった。しかし、十二月二十四日の私の誕生日に、私は、私だけのお祝いをしたいと思った。私は部屋に閉じこもり、ひざまずいて、栄誉に満ちた手——心情にとって栄誉がなんであろう——愛する人の手が記したこの言葉を読み返した。彼は、これを九月七日に書いた。この日のすでになんと遠いこと。しかし、彼はやはりここにいる。そこに行けはしないけれども目には見える星のように。そしてこの星を、私は、私の運命としたのだ」(同上)

バルザックのハンスカ夫人宛ての書簡を読み、ハンスカ夫人の結婚に対する逡巡にいらだち苦悩するバルザックの姿を知る私たちは、ともすればハンスカ夫人の誠意を疑いたくなる。けれども、自分のためにだけ書かれた日記のこの一節を読むとき、ハンスカ夫人もまた心からバルザックを愛したのだと私たちは確信するのである。

二　健康の悪化と最後の傑作

衰弱する創造力

バルザックは、一八四三年十一月三日にパリに帰着しているが、このころから、ハンスカ夫人宛ての書簡には、健康の不調を訴える言葉が散見されるようになる。「頭がおそろしく痛いのです」と十一月七日付の手紙にはある。どうやらバルザックは慢性の髄膜炎を患っていたようだ。翌一八四四年になると、執筆の渋滞を訴える言葉が頻繁に記される。当時『プチ・ブルジョワ』を執筆中だったバルザックは、「昨日はなにもできず、考えることも、一行すら書くこともできませんでした」（一八四四年一月二十二日付）、「仕事をしようとしましたが徒労に終わりました」（一八四四年一月二十六日付）、「もう青年時代のようには働けません。『パリのブルジョワ』（引用者注　『プチ・ブルジョワ』のこと）は、私をくたくたにさせました」（一八四四年一月二十六日付）と書いている。長年にわたる過労の結果として、『人間喜劇』の作者はすでに疲弊し、かつてのような旺盛な創作力はなくなっていたのである。そこに見られるものは、人並みすぐれた健康にめぐまれたこの天才が、ついに創作活動によって消耗させられ、食い尽くされてしまった悲惨な姿である。

とは言え、ハンスカ夫人との幸福な生活を夢見つつ、また膨大な資産を有する伯爵夫人との結婚によって、債鬼との戦いに終止符がうたれることを期待しつつ、疲弊した肉体を鞭打って、バルザックはなおも書き続けた。

一八四三年以降に完成された主な作品を列挙するならば、青年の破滅と幻滅の叙事詩とも言うべき『幻滅』(一八四三)、その続篇『浮かれ女盛衰記』(一八四七)、ジョルジュ・サンドをモデルにした『ベアトリックス』(一八四五)、エロスの欲望が主人公を破滅にいたらせる過程を描いた『従妹ベット』(一八四七)、無垢な主人公が迫害され、破滅させられる物語『従兄ポンス』(一八四七)、秘密の慈善活動を描く『現代史の裏面』(一八四八)等々である。作者はすでに疲労し病んでいたが、これらの作品の質は、それまでの作品に決して劣るものではない。それどころか、社会観察はますます透徹し、人間観察は深刻さの度合いを増している。

『幻滅』

『幻滅』に書かれた物語のあらましを記せば、これは美青年リュシヤンの破滅の物語である。主人公リュシヤンは、詩人としての成功を夢見てパリに出、美貌と才能によって一時は社交界の寵児となるが、意志薄弱ゆえに、さまざまの破廉恥な行為を犯し、決闘にも破れて故郷のアングレームに帰る。

一方、故郷では、リュシヤンの親友であり、今は義弟でもあるダヴィッド・セシャールが監獄に入れられている。なぜならパリで金に困ったリュシヤンが、ダヴィッドの署名を真似て偽造手形を振り出したからだ。悔恨にとらえられたリュシヤンが、死に場所を求めてシャラント川のほとりをさまよっていると、高僧カルロス・ヘレラこと、実は脱獄徒刑囚ヴォートランがたまたまそこを通りかかり、ヴォートランの傀儡《かいらい》となることを条件に、リュシヤンはひと袋の金貨をもらう。それによって義弟を出獄させることはできたが、しかし、パリに出たリュシヤンを待つものは、これまで以上に恐ろしい運命である。それは続篇『浮かれ女盛衰記』の物語でここでは省略するが、主人公は最後には、獄中で自殺をとげる。

この作品は、青年が人生の門出において体験しなければならない社会との対決、その結果としての幻滅と失敗を主題としている。同時にまた青年の夢と野心を粉砕するパリ社会の虚偽と卑劣さを描いた作品でもある。その点で『幻滅』の主題には『ゴリオ爺さん』に通じるものがあるが、しかし、『ゴリオ爺さん』のラスティニャックとは逆に、リュシヤンがたどったものは、挫折と敗北の運命であった。

バルザックはこの作品を、一八三六年から四三年までじつに八年間にわたって書きついだ。おそらくそのせいもあって、『幻滅』には再登場人物の数がはなはだ多い。その結果、この作品は『人間喜劇』の他の作品とさまざまの人物を通してつながることになり、『幻滅』はいわば『人間喜劇』という物語空間の中央に位置している。『人間喜劇』中の位置からしても、むろんその作品としての質からしても、『人間喜劇』中の代表的な作品の一つであることは間違いない。

『人間喜劇』再版　『人間喜劇』初版の刊行が終わるに先だって、バルザックはすでにその再版を準備し、作者所蔵のフュルヌ版『人間喜劇』に赤ペンで修正をほどこした。「フュルヌ修正版」と言われるもので、今日刊行されるバルザックの作品は、すべてこれを底本としている。

のみならずバルザックは、いつの日か刊行されるはずの『人間喜劇』再版の総目録をも作成した。「一八四五年の目録」と言われているもので、これを見ると、再版『人間喜劇』は全二十六巻からなり、計百三十七篇の作品を含むものと予定されている。現行『人間喜劇』の作品数は約九十であるから、計画の三分の一ばかりは実現されなかったことになる。とくに、『政治生活情景』と『軍隊生活情景』には、バルザックが書こうとして書けなかった作品が多い。『人間喜劇』は膨大な作品群ながら、なおかつ未完の大作なのである。四十代に入ってからのバルザックの肉体的、精神的疲労はおおうべくもないが、しかし、十九世紀社会をその全体において再現しようという野心を、バルザックは生涯の最後の段階にいたってなお捨てなかったのである。

とは言え、一八四五年以降になると、バルザックの執筆量は急速に減じている。と言うのは、一八四五年から四七年にかけて、バルザックはハンスカ夫人ともども、ドイツ、スイス、オランダ、ベルギー、イタリアなどヨーロッパ各地を旅行するのに多くの時間を費やすことになるからである。一八四四年十一月からハンスカ夫人は、娘のアンナとともに、当時はまだザクセン王国の首府だったドレスデンに滞在していた。相続問題をようやく解決した夫人は、しばらくのあいだ領地を離れ、自由な生活を楽しみたいと思ったに違いない。

ハンスカ夫人との旅行

バルザックとしては、すぐにでもドレスデンに出発したかったが、ハンスカ夫人はそれを許さなかった。バルザックの存在が、娘アンナの結婚の障害になるのを恐れたからである。しかしやがて、アンナとポーランドの大貴族ムニーシェク伯爵（一八二三―一八八一）との婚約がととのい、ハンスカ夫人は、バルザックのドレスデン来訪を承知した。一八四五年五月、バルザックはドレスデンに到着、こうして、バルザックとハンスカ夫人、ムニーシェク伯爵とアンナという二組の婚約者は、ヨーロッパ各地の周遊旅行に出発することになる。

ムニーシェク伯爵は、蝶の収集に情熱を傾ける温厚な紳士で、バルザックとはよく気があった。バルザックとアンナの関係もまたきわめて良好であったから、これら老若二組のカップルは、嬉々として観光旅行を楽しんだ。むろんバルザックは、何度かハンスカ夫人の一行と別れてパリに一人で帰っている。それは執筆のためでもあり、またさまざまの実務を処理するためでもあった。しかし、一八四七年六月末、ハンスカ夫人が三十カ月にわたる不在のあと、ようやくヴィエシュホーヴニャに帰り着くまでのあいだ、バルザックは、多くの月日をハンスカ夫人一行との旅行に費やしたのである。執筆も借金も忘れ、愛する伯爵夫人とともに旅をすること、それはバルザックが長年夢見てきたことにちがいなかった。

ブリュニョル夫人

とは言え、生涯の最後の段階ともなるこの時期を、バルザックが明るい気持ちで送ったのでないことは言うまでもない。それどころか、ハンスカ夫人と旅行をともにしているときを除いて、バルザックはむしろ暗澹《あんたん》たる思いで日々を過ごしたように見える。『人間喜劇』の作者にとって、憂鬱の種はいくらでもあった。健康状態は思わしくなく、膨大な借金はあり、第一に、ハンスカ夫人はバルザックとの結婚についてまだ最終的な決断を下していなかった。

さらにバルザックを苦しめたのは、ブリュニョル夫人の問題であった。一八四五年の夏、バルザックはハンスカ夫人をパリにともない、パッシーの自宅に近いラ・トゥール通りにマンションを借りて、ハンスカ夫人を短期間住まわせた。このときハンスカ夫人は、バルザックとブリュニョル夫人の間柄が、たんに主人と家政婦以上のものであることを見抜いた。ハンスカ夫人は直ちにブリュニョル夫人を解雇するように要求し、バルザックもそれを承知したが、実際問題としてこれはなかなか難しい問題なのであった。

バルザックとブリュニョル夫人の心情的なつながりについては判然としないが、バルザックに献身的に尽くしたブリュニョル夫人が、この大作家と、終生、生活をともにしようと思っていたことは間違いない。別れ話をもちだされたブリュニョル夫人は、心痛のあまり健康を害したほどである。バルザックとしても、今後の身の振り方を決めないまま、ブリュニョル夫人を追い出すわけにはいかないのであった。

結局、一八四七年までブリュニョル夫人はバルザックの家に住み続けた。しかもこの年、すなわち一八四七年の五月、ハンスカ夫人との結婚についてバルザックの決心が堅いのを見極めたブリュニョル夫人は、パッシーの家から、バルザック宛てのハンスカ夫人の手紙二十二通を盗み出し、その一部を、すでに結婚してウクライナに戻っていたムニーシェク夫妻に送りつけた。そして、ハンスカ夫人とバルザックの関係を公にすると言って脅かしたのである。おそらくブリュニョル夫人の目的は金銭的な利益を得ることではなく、バルザックとハンスカ夫人の結婚を妨害したかったのであろう。

結局、五千フランの示談金と引き換えに、バルザックは盗まれた手紙を取り戻すことができた。しかも皮肉なことに、結婚を妨害しようとしたブリュニョル夫人のほうがバルザックよりは一足早

ボージョン屋敷

く、一八四八年三月には、スゴーという裕福な実業家と結婚している。

ボージョン屋敷

バルザックの憂鬱は、ブリュニョル夫人の問題にとどまらなかった。ハンスカ夫人と結婚してこの伯爵夫人をパリに迎えるため、身分にふさわしい屋敷を用意しなければならなかった。いろいろ探しまわったあげく、シャン＝ゼリゼにほど近いフォルチュネ通り（現在のバルザック通り）に、かなり大きな邸宅を購入することになった。十八世紀の有名な徴税請負人、ボージョンが別荘として建てたもので、長さ三十メートルの細長い庭に面する三階建ての家屋だった。

バルザック自身「兵舎のようだ」と言っているくらいだから、終《つい》のすみかにしようと思っていたかどうか疑問だが、結局、ここがバルザック終焉の地となった。

ただし、現在この建て物はもう存在せず、『人間喜劇』の作者を思い出させるものは、通りの名と、バルザック通りを出はずれたところに置いてあるファルギエール作のバルザック像だけである。

たび重なるハンスカ夫人との旅行や、パリでの雑事、健康の衰えと心労にもかかわらず、バルザックはなお最後の傑作を書いた。『貧しき縁者』の題名のもとに一括されている二つの小説、『従妹ベット』（一八四七）と『従兄ポンス』（一八四七）がそれである。

『従妹ベット』と『従兄ポンス』

『従妹ベット』は、一八四六年の十月から十二月にかけて連載された新聞小説である。ユロ男爵は、名誉と富には不足のない政府の高官であり、美しく貞淑な妻にも恵まれながら、六十歳を過ぎても女の色香を求めてやまない。毒婦マルネフにもてあそばれて、しだいに破滅の道をたどる。だがユロ一家の不幸については、男爵の好色以外にも原因があった。

ユロ男爵夫人の従妹で、夫人と同じく貧しい山村の娘として生まれたベットは、容貌の醜さゆえに結婚もできず、男爵夫人とはまるで違うつましい生活を余儀なくされている。彼女は男爵夫人に強烈な嫉妬心を抱き、ユロ一家の破滅を心に誓った。ユロ男爵をマルネフの手中におとしいれたのも、実は、ベットの策謀だったのだ。

極度に高められた情念の恐ろしさと、嫉妬心の醜悪さというものをこの小説は描いている。作品の末尾に近く、落魄《らくはく》した老男爵が、裏町の代書屋になりさがり、十五歳の少女と同棲する様を読むとき、読者は情念の恐ろしさにほとんど戦慄を禁じえない。

『従兄ポンス』は、一八四七年三月から五月にかけて、『従妹ベット』と同じく、「コンスティテューショネル」紙に連載されたもので、バルザックの最後の小説となった。ポンスはかつては有能な作曲家だったが、今は世に忘れられ、美術品収集を唯一の生き甲斐とし、純情無垢な点ではポンスにおとらぬ老音楽家のシュムケと一緒に暮らしている。ポンスは親戚のカミュゾ家の娘と銀行家との結婚を善意からとりもとうとするが、仲人役に失敗する。カミュゾ夫人はこの破談をポンスの悪意に出たものと解し、さまざまの迫害を加え、ポンスは病気になる。

一方、ポンスの集めた美術品に多大の資産価値があることを嗅ぎつけた人々が、ポンスとシュムケから、コレクションをとりあげようとして二人を追いつめる。ポンスが死んだあと、シュムケはポンスから全財産を遺贈されたにもかかわらず、結局、資産は周囲の強欲な人々の手中に落ち、老音楽家は貧しいまま死んでしまう。

すでに『ゴリオ爺さん』がそうであったように、『従兄ポンス』は、無垢な弱者が悪辣な強者によって迫害され、踏みにじられる物語である。迫害者のなかの最たるものは、二人の老人の身の回りの世話をする「シボのかみさん」であるが、この人物のモデルは、ブリュニョル夫人であると言われている。そうだとすれば、別れ話がもちあがって以来、おそらくかなり不愉快なものになったにちがいないパッシーの家での生活のなかで、バルザックはブリュニョル夫人に対して、被害者意識をもつにいたったのかもしれない。

のみならず、ポンスの死を描く作者の筆致には、死への不安が色濃く現れている。死への恐怖と他者への恐怖が一体となってこの物語に表現され、これは、四十代後半のバルザックの暗い心境を表す小説となっている。

長年にわたる過酷な労働にもかかわらず、借金から解放されず、健康をいちじるしく害して死の不安におびえるバルザック、ハンスカ夫人との結婚を望みながら、なおもそれを待ち続けなければならないバルザック、そういう作者の暗澹たる心象風景を、私たちは、この最後の小説のなかにかいま見るのだ。

三　結婚、そして死

バルザックの遺言

一八四七年六月、ハンスカ夫人は、すでにヴィエシュホーヴニャに帰っており、フォルチュネ通りの広い屋敷のなかで、バルザックは孤独だった。ここは、市内なのにパッシーよりもかえって静かでもの寂しかった。バルザックは、ウクライナに去ったハンスカ夫人を思い、楽しかった夫人との旅行を思い出して、際限もない憂鬱にとらえられるのだった。そんなある日（六月二十八日）、バルザックは長文の遺書を書いた。母親に年間三千フランの生活費を送るのを条件として、ハンスカ夫人を包括受遺者に指定し、葬儀は最下等のものとするように指示する内容である。

ウクライナへ

一八四七年の夏、バルザックは、単に病いによってだけでなく、ハンスカ夫人への思慕によって消耗しきっていた。バルザックの心は、もうボージョン屋敷にもパリにもなく、ハンスカ夫人のもと、遠いウクライナにあった。だが、夫人はバルザックにウクライナにくることをなかなか許さなかった。夫人は、これまでバルザックと生活をともにしたことがあったとしても、それは外国でのことで、自分の領地にバルザックを迎えたことはなかった。ウクライナ貴族社会の保守的な雰囲気が、ハンスカ夫人をためらわせたものにちがいない。

しかし、バルザックをヴィエシュホーヴニャに招く手紙がようやく届き、九月五日にバルザックはパリをあとにした。やがてバルザックはウクライナに着いた。「これは砂漠のようにひろがる小麦の王国だ」と、バルザックは「キエフ書簡」と題して「ジュルナル・デ・デバ」紙に送られた旅行記に書いている。「ここでウクライナの腐植土がはじまる。これは深さ百五十メートル、しばしばそれ以上にも及ぶ肥えた黒土で、肥料などを使うことは決してない」とバルザックは続けている。目的地に近づいて安心したせいか、バルザックは深い眠りに落ち込む。やがて叫び声が聞こえて目を覚ますと、「一種のルーヴル宮殿、ギリシア寺院、そういうものが、谷間をのぞんで夕日に映え、金色に輝いている」のが見えた。それがハンスカ夫人の住むヴィエシュホーヴニャの城館なのであった。九月十二日のことで、鉄道の一部が開通していたせいもあるが、一日も早いハンスカ夫人との再会を望んだバルザックは、道を急ぎ、わずか一週間で到着したのである。

ヴィエシュホーヴニャの客

ハンスカ夫人一家が、真心をこめて遠来の客をもてなしたのは言うまでもない。バルザックには、書斎と寝室と居間が与えられたし、なによりもここには債権者が来ず、愛するハンスカ夫人がいるのであった。バルザックは、一八四八年一月末までヴィエシュホーヴニャに滞在した。その間に執筆された作品は多くなく、『現代史の裏面』第二部と、「女流作家」ほか計三篇の未完の断片が書かれたのみである。

二度目のウクライナ滞在

バルザックがパリに帰着してまもない一八四八年の二月、二月革命が勃発した。臨時政府の事実上の首班になったのは、バルザックの友人で詩人のラマルチーヌだったが、二月革命の理想は、バルザックの政治思想からはほど遠く、王宮を襲う民衆を目にして、バルザックは嫌悪感を覚えるだけだった。

この年の九月、バルザックはふたたびウクライナに向けて出発した。十月にヴィエシュホーヴニャに到着したバルザックは、このあと一年半ばかりを、ハンスカ夫人の城館で過ごすことになる。その間、バルザックはほとんど執筆していない。第一、バルザックはすでに病人で、心臓病は悪化し、水腫と呼吸困難をともなうようになっていた。バルザックは、城館専属の医師から治療を受け、夜は遅くまで毎日のようにハンスカ夫人と語り合って過ごした。

ハンスカ夫人との結婚はすぐには実現しそうもなかった。「五十歳にもなって、十万フランの借金があり、人生のすべてで、幸福を左右する問題に決着がついていないということ、これが一八四九年の大問題なのだ」（一八四八年十二月二十日付）と、バルザックは妹ロールへの手紙に書いている。幸福を左右する問題とはむろん結婚のことである。

ヴィエシュホーヴニャの館

ハンスカ夫人が、バルザックとの結婚にただちに踏み切らなかったのをせめるわけにもいかない。バルザックには膨大な借金があり、この恋人が恐るべき浪費家であることを夫人はよく知っていた。二万一千ヘクタールという広大な領地のわりには、ハンスキ家の収入は案外少なく、バルザックと結婚すれば、ハンスキ家の資産もたちまち消えてしまうのではないかという心配が夫人にはあった。それに第一、外国人と結婚した女性は、ロシア皇帝の勅令によって特に許されないかぎり、資産を保有し続けてはならないという法律の規定があった。そしてハンスカ夫人の委細をつくした嘆願書にもかかわらず、勅令は出されなかった。

ハンスカ夫人との結婚

それにもかかわらず、ハンスカ夫人は、領地のすべてを娘アンナに譲ったうえで、バルザックとの結婚に踏み切った。膨大な借金をかかえ、病いも重く、執筆もできないバルザックとの結婚を決断したのは、長年の夢をかなえてやらないままに、恋人を死なせてはならないという気持ちだったのだろう。それにロシア皇帝の圧制下にあるウクライナの生活よりも、パリの自由な暮らしのほうがいいとハンスカ夫人は思ったのかもしれない。広大な領地と千人を越える農奴、三百人の召使いがいても、自由と生活の楽しさがなければ仕方がないのだ。一八五〇年三月十四日、ヴィエシュホーヴニャから遠くないベルディチエフのカトリック教会で、バルザックとハンスカ夫人の結婚式が執り行われた。長年の夢をついに実現したバルザックの感慨はどのようなものだったのか。結婚式の三日後、バルザックはジュルマ・カロー夫人宛ての書簡で次のように書いている。

「三日ほど前、これまでに愛した唯一人の女性、現にこれまで以上に愛している女性、そして死にいたるまで愛するであろう女性と私は結婚しました。この結婚は、あれほどの不運、長年にわたる労働、課せられ克服されたあれほどの困難にたいして、神が、褒美としてとっておき給うたものだと思います。私には幸福な青春も花咲ける春もありませんでした。しかし、もっとも輝かしい夏ともっともおだやかな秋があるでしょう」（一八五〇年三月十七日付）

しかしバルザックの予想に反して、彼にはもはや夏も秋もなく、ただわずかに数カ月の余命があるのみであった。同年の四月二十四日、バルザック夫妻は、大型の馬車を仕立ててパリに向けて出発した。ウクライナの春は遅いが、すでに雪解けがはじまっており、馬車はしばしば立ち往生した。新郎は重病人で、歩くと息切れし、目もよく見えなくなっていた。

バルザック夫人（ハンスカ夫人）の肖像
ジャン・ジグー作

夫妻が、パリのフォルチュネ通りに着いたのは、五月二十日もしくは二十一日である。ボージョン屋敷の燈火は、こうこうとともされていたが、門を開けに出るものはだれもいなかった。やむなく御者が錠前屋を呼びに行き、錠前を壊して中に入ってみると、召使いのミュンシュが発狂してしまっていた。五月三十日、主治医のナカールは三人の医師の応援を求めてバルザックを診察した。容体はきわめて悪く、七月になると腹膜炎を併発し、余命いくばくもないことは明らかだった。

バルザックは青年時代の夢をほとんど実現したと言っていい。久しい願望であった伯爵夫人との結婚は現実のものとなり、小説家としての名声は全ヨーロッパにあまねく行きわたっていた。かつて妹ロール宛ての書簡に書いた「愛と栄光」の夢をバルザックは実現したのである。しかし、ゴーチエが、バルザックの思い出のなかで書いているように、「実現した願望ほど恐るべきものはない」のであって、バルザックに残されたのはただ死ぬことだけだったのである。

　バルザックの最後の手紙は夫人の代筆によるもので、八月十二日付で、当時バルザックの実務処理を一手に引き受けていたフェッサール宛てのものである。バルザックは、病苦の甚だしいことを訴えたあとで、「これらすべては、結婚という大きな幸福に対し、神が求め給うた代価だと思います」と書いている。八月十八日の晩、ヴィクトール・ユゴーは、バルザックを見舞って自宅に戻ると、帰りを待っていた人々に「ヨーロッパは今偉大な精神を失おうとしている」と語った。バルザックはその晩のうちに世を去った。葬儀には大勢の人たちが集まった。政府を代表したのは内務大臣のバゾッシュで、隣にいるユゴーに「立派な人でしたね」と言うと、ユゴーは憤然として「いや天才でした」と答えた。

ペール＝ラシェーズ墓地のバルザックの墓

　ハンスカ夫人（バルザック夫人）は、未払いだったボージョン屋敷の精算を済ませただけでなく、亡夫の借金をことごとく返済し、かつバルザックの母親にも生活費を送り続けた。ほど経ずしてムニーシェク夫人、アンナもパリに移住し、ヴィエシュホーヴニャの領地は売り払われた。

今日、パリのペール＝ラシェーズの墓地には、バルザック夫妻の墓と並んで、ムニーシェク夫妻の墓が立っている。かつてウクライナの奥地に若い領主夫人がいて、バルザックの小説を愛読していた。領主夫人はやがてこのフランス人作家の恋人となり、妻となった。夫人がはじめてバルザックにファンレターを書き送ったとき、この一通の手紙が、いつの日か自分自身の運命はもとより、娘アンナの生涯をもすっかり変えるだろうとは夢にも思わなかったにちがいない。

あとがき

「ただ愛と栄光だけがぼくの心の広い場所を満たすことができる」（一八一九年九月、本文二十四頁参照）と、バルザックは妹ロール宛て書簡に書いている。青年時代のバルザックは、愛と栄光を夢見て文学修業にはげみ、そのいずれも自分のものになし得た。すなわち、バルザックはベルニー夫人、ハンスカ夫人など多くの女性に愛されたし、『人間喜劇』の作者としての名声は、フランスをこえて全ヨーロッパに及んだのだった。しかしこのような輝かしい人生の果実のために、バルザックが払わねばならなかった代償も大きかった。バルザックは普通の人間の多くが手中にし得るもの、たとえば平和な家庭とか、安定した経済生活とか、あるいはもっと単純なもの、休息とか充分な睡眠といったものさえ享受することができなかった。

バルザックの一生は、作品を書くためにもっぱらついやされたが、バルザックにもしあれほどの浪費癖がなく、したがってあれほどの借金がなかったら、かくも多量の作品を書くことはなかったろう。しかし、バルザックの生活能力の欠如は、想像力の過剰によるものであって、じつはそれは彼の天才の一部だったのである。こう考えてくると、バルザックの生涯は、天才が、天才ゆえに苦しみ続けた人の一生だったと言ってよい。一人の天才の苦痛に満ちた生涯の代価として、私たちは、『人間喜劇』という膨大な、驚くべき作品群を読むことができるのだ。

『人間喜劇』が今日の読者に語りかけているもっとも重要なことはなんだろうか。私の個人的感想を言えば、それは、近代社会の栄光と悲惨なのだと思う。さらに言えば、栄光よりもむしろ悲惨なのであって、バルザックはフランス革命直後の時代、つまり近代市民社会誕生の時期に生まれあわせて、「近代」というものがいかにむなしく、いかに危険なものかということを描いたのである。バルザックの「反近代主義」の当否をにわかに断定するのは難しいが、たしかなことは、このような批判的立場に立つことで、バルザックは、市民社会の本質を明らかにし得たということである。

辻昶先生のご紹介により、本書の執筆を清水書院の清水幸雄氏に依頼されたのは、すでに八年も前のことである。脱稿がいちじるしく遅れたのをお詫びせねばならないし、私の怠惰と無能を恥ずかしく思わざるを得ない。バルザックの生誕二百年にかろうじて間にあったのが、せめてもの慰めである。

バルザックは多くを考え、多くを書き、多くを生きた人だ。バルザックの生涯と作品について書くとなると、何百ページをついやしても足りるということがない。本書中で、本来ならばバルザックの劇作についても述べるべきだったし、『風流滑稽談』や、時事評論についてももっと紙数をさくべきだったかもしれない。しかし、『人間喜劇』中の作品で言及すらできないものが多くあるのに、『人間喜劇』以外の作品について述べるゆとりはなかったというのが実際である。終わりに、本書を刊行するのに際し、清水書院の村山公章氏に大変お世話になった。ここに記して厚く御礼申し上げたい。

一九九九年六月

高山鉄男

バルザック年譜

西暦	年齢	年譜	参考事項
一七四六		バルザックの父親ベルナール＝フランソワ・バルサ、アルビ近在のヌーゲリエ村に生まれる。	
一七七八		バルザックの母親アンヌ＝シャルロット＝ロール・サランビエ、パリに生まれる。	
一七八九			フランス革命はじまる。
一七九七		ベルナール＝フランソワ・バルザック（バルサをバルザックと改姓していた）、アンヌ＝シャルロット＝ロール・サランビエとパリにて結婚。	
一七九九	0	『人間喜劇』の著者となるオノレ・バルザック、五月二十日、トゥールに生まれる。トゥール近在のサン＝シール＝シュル＝ロワール村に里子に出される。	ナポレオン、ブリュメール十八日のクーデターにより、政権を獲得。第一執政に就任。
一八〇〇	1	妹ロール生まれる。	
一八〇二	3	妹ローランス生まれる。	

一八〇四	5	父親ベルナール＝フランソワ、トゥール市助役に任命される。	ナポレオン、皇帝に就任。
一八〇七	8	バルザック、ヴァンドーム学院に寄宿生として入学。末弟アンリ＝フランソワ生まれる。	
一八一三	14	四月、バルザックの両親にただちに引き取りにくるよう、学院より通告あり。バルザック、パリのマレー地区、トリニー通りのガンセール塾に寄宿生として入学。	
一八一四	15	ナポレオン軍と連合軍との戦いがフランス国内で続行されている間、バルザックはトゥールに帰っていたものと思われる。七月から九月まで、トゥール学院に学ぶ。父親のパリ転勤にともない、バルザック家はパリのマレー地区に転居。	連合軍、パリ入城。ナポレオン退位、エルバ島に流される。第一次王政復古。
一八一五	16		ナポレオン、エルバ島より帰還、百日天下。しかし、ワーテルローの戦いに敗れ、第二次王政復古。
一八一六	17	十一月、バルザックは代訴人ギヨネ・メルヴィルの法律事務所に見習い書記として勤務しはじめる。同月、	

		パリ大学法学部に入学。	
一八一八	19	一月、公証人ヴィクトール・パセの法律事務所に移る。	
一八一九	20	一月、バルザック法学得業士の一次試験に合格。父親ベルナール＝フランソワ退職。バルザック文学志望を表明。レスディギエール通り九番地の屋根裏部屋で、文学修業に励む。バルザック家は、パリ郊外のヴィルパリジスに転居。	
一八二〇	21	妹ロール、河川技師シュルヴィルと結婚。バルザック、五幕韻文悲劇『クロムウエル』を完成。	
一八二一	22	一月一日、レスディギエール通りの屋根裏部屋を引き払い、ヴィルパリジスの実家に帰る。妹ローランス、アルマン＝デジレ・ミショー・ド・モンゼーグルと結婚。	ナポレオン、セント＝ヘレナ島に死す。
一八二二	23	『ビラーグの女相続人』『ジャン＝ルイ』『クロティルド・ド・リュジニャン』などの通俗小説をいずれも偽名で発表。この年、ベルニー夫人との恋愛関係はじまる。十月末、バルザック家は、ヴィルパリジスを引き払い、パリのマレー地区に転居。	

一八二五	26	バルザック、出版業に乗り出し、『モリエール全集』『ラ・フォンテーヌ全集』などを出版。ダブランテス公爵夫人を知る。妹ローランス死去。	
一八二六	27	マレ＝サン＝ジェルマン通り（現在のヴィスコンチ通り）に移り、印刷業をはじめる。	
一八二七	28	活字鋳造業をはじめる。	
一八二八	29	印刷業、および活字鋳造業を精算。バルザックは、カシニ通り一番地に移る。九月から十月末にかけて、フージェールのポムルール家に滞在。『ふくろう党』を書きはじめる。	
一八二九	30	バルザック、『ふくろう党』を刊行。ソフィー・ゲー、レカミエ夫人、バグラッシオン太公夫人などのサロンに出入りするようになる。父親ベルナール＝フランソワ死去。十二月、『結婚の生理学』を刊行。	
一八三〇	31	ベルニー夫人とともに、サン＝シール＝シュル＝ロワール村の「ざくろ屋敷」に滞在。夫人とともに、ロワール河を下り、ゲランドを訪れる。『私生活情景』を刊行。	二月、ユゴー『エルナニ』上演される。七月二十七日、パリで七月革命勃発。

一八三一	32	『あら皮』及び『哲学小説集』を刊行。バルザックの名声高まる。カストリ侯爵夫人を知る。パリ郊外、フォンテーヌブローの森の近くの「ラ・ブーロニエール荘」に住むベルニー夫人のもとにしばしば滞在。十月末から十二月にかけて、サッシェに滞在。	
一八三二	33	この年、ハンスカ夫人との文通がはじまる。六月六日より七月十六日までサッシェに滞在。ついでアングレームのカロー夫人のもとに滞在したのち、八月末より十月十三日まで、エクス＝レ＝バンに滞在。十月十四日より十八日までジュネーヴに滞在。『私生活情景』再版、『新哲学小説集』刊。	コレラ大流行。
一八三三	34	マリア・デュ・フレネーとの恋愛関係。九月二十五日、ヌーシャテルではじめてハンスカ夫人に会う。十二月二十四日、ジュネーヴで同夫人に再会。ベッシェ書店との間に『十九世紀風俗研究』全十二巻の出版契約を締結。九月『田舎医者』刊。十二月『ウージェニー・グランデ』刊。	日本で大飢饉おこる（天保四年）。
一八三四	35	二月十一日、ジュネーヴよりパリに帰着。六月四日、	

		マリー・デュ・フレネー誕生。バルザックの娘と推定されている。七月及び十一月、「ラ・ブーロニエール荘」に滞在。『絶対の探究』刊。十二月より「パリ評論」誌に『ゴリオ爺さん』の連載をはじめる。
一八三五	36	一月末から二月にかけて「ラ・ブーロニエール荘」のベルニー夫人のもとに滞在。三月初め、バタイユ通り十三番地（現在のイエナ通り）に転居。五月、ウィーンでハンスカ夫人に再会。「クロニック・ド・パリ」誌の経営権を取得。『ゴリオ爺さん』『セラフィータ』刊。
一八三六	37	「パリ評論」編集長ビュロに対して訴訟を起こす。六月、おおむねバルザック勝訴の判決。六月、サッシェに滞在。七月二十六日、イタリアのトリノに向けて出発。同月二十七日、「ラ・ブーロニエール荘」にてベルニー夫人没。八月下旬、パリに帰着。「ラ・プレス」新聞に『老嬢』を連載。フランスにおける最初の新聞小説とされる。『谷間のゆり』刊。

一八三七	38	二月八日にパリを出発、再度のイタリア旅行。五月三日パリに帰着。九月、パリ郊外ヴィル＝ダヴレーに土地を購入。『十九世紀風俗研究』刊行終わる。『幻滅』第一部刊。『セザール・ビロトー』刊。	イギリスでヴィクトリア女王、即位。日本で大塩平八郎の乱（天保八年）。
一八三八	39	二月初め、フラペルに滞在。三月から六月にかけて、ノアンにジョルジュ・サンドを訪問。銀の廃鉱を再開発するため、イタリアのサルディニア島におもむくが、再開発計画は失敗に終わる。七月、ヴィル＝ダヴレーに新居「ジャルディ荘」成り、転居。	
一八三九	40	一―八月、「プレス」紙に『村の司祭』を連載、四―五月、「世紀」紙に『ベアトリックス』を連載。六月、『幻滅』第二部刊。八月に文芸家協会会長に選ばれる。	
一八四〇	41	三月、ポルト＝サン＝マルタン座で『ヴォートラン』を上演するが、ただちに上演を禁止される。七月に「パリ評論」誌を創刊するが三号で廃刊。同誌に「スタンダール論」を掲載して、『パルムの僧院』を絶賛する。十月「ジャルディ荘」を去って、パッシ	中国で、阿片戦争勃発する。

		ーのバッス通り十九番地（現在のレヌアール通り四十七番地）に転居。この家は、現在パリ市所管のバルザック館となっている。
一八四一	42	十月、バルザックと、フュルヌ、エッツェル、デュボシェ、ポーランの四書店との間に、『人間喜劇』の出版契約が締結される。 一—二月に『暗黒事件』を「コメルス」紙に、八—九月に『ユルシュール・ミルーエ』を「メサジェ」紙に、十一—翌年一月に『二人の若妻の手記』を「プレス」紙に、それぞれ連載。
一八四二	43	一月、ハンスカ夫人より来信、前年十一月に同夫人の夫ハンスキ氏が死去したことを知る。『人間喜劇』の刊行開始。「総序文」を執筆。
一八四三	44	七月十八日にパリを出発、ダンケルク港より海路ロシアに向かい、同月二十九日、当時のロシアの首都サンクト・ペテルブルグに到着、ハンスカ夫人と再会。十月七日まで同地に滞在し、ベルリン、ライプツィヒなどを経由して、十一月七日パリに帰着。健康状

		態すぐれず、主治医のナカールにより慢性髄膜炎と診断される。三―四月に『田舎才媛』を「メサジェ」紙に、五―六月に『浮かれ女盛衰記』を「パリジャン」紙に連載。	
一八四四	45	依然として健康状態すぐれず。三―七月に『モデスト・ミニヨン』を「ジュルナル・デ・デバ」紙に、十二月から翌年一月にかけて『ベアトリックス』第三部を「メサジェ」紙に連載。	オランダ、日本に開国を勧告。アメリカ、テキサスを併合。イギリス艦が長崎に来航(弘化二年)。
一八四五	46	四月二十五日、パリを発ってドレスデンに向かう。同地にてハンスカ夫人、その娘アンナ、アンナの婚約者、ムニーシェク伯爵たちの一行と落ち合う。ハンスカ夫人らとともに、ドイツ、オランダ、ベルギーなどの各地をまわり七月パリに帰着。八月初めにハンスカ夫人の一行をトゥレーヌ地方に案内する。バルザックは、いったんパリに帰ったのち、九月にストラスブールでふたたびハンスカ夫人の一行に合流する。十月にハンスカ夫人の一行とともに、ソーヌ、	

一八四六	47	ローヌの両河を蒸気船で下り、マルセーユから海路ナポリに向かう。十一月にパリに帰着。 三月十六日パリを出発し、同月下旬にローマでハンスカ夫人と再会。スイスを経由してハイデルベルクでハンスカ夫人と別れ、五月にパリに帰着。七月に『浮かれ女盛衰記』第三部を「時代」紙に、十一―十一月に『従妹ベット』を「コンスティテューショネル」紙に連載。『人間喜劇』全十六巻の刊行を終わる。
一八四七	48	フランクフルトにハンスカ夫人を迎えに行き、二月六日にパリに帰着。ハンスカ夫人は二カ月半ばかりをパリで過ごす。四月にフォルチュネ通り（現在のバルザック通り）に買い求めた邸宅に転居。六月にハンスカ夫人を包括受遺者とする遺言書を作成。九月にパリを出発し、ハンスカ夫人の領地ウクライナのヴィエシュホーヴニャに向かう。翌年一月末まで同地に滞在。三―五月に『従兄ポンス』を「コンスティテューショネル」紙に、四―五月に『浮かれ女盛

		衰記』第四部を「プレス」紙に連載。	
一八四八	49	一月末、ヴィエシュホーヴニャを出発し、二月十五日にパリに帰着。九月十九日にふたたびヴィエシュホーヴニャに向けてパリを出発、年末まで同地に滞在。『人間喜劇』第十七巻を補巻として刊行。	二月二十三日、パリにて二月革命勃発。
一八四九	50	この年は、もっぱらヴィエシュホーヴニャのハンスカ夫人の城館で過ごす。病状いよいよ悪く、心臓病の発作に襲われる。	
一八五〇	51	三月十四日、ウクライナのベルディチェフでエーヴ・ルゼウスカ（ハンスカ夫人）と結婚。四月二十四日、夫妻はヴィエシュホーヴニャを出発してパリに向かう。五月二十日もしくは二十一日にパリに到着。フォルチュネ通りの屋敷に入る。八月十八日自宅にて没。遺骸はペール＝ラシェーズの墓地に葬られる。	中国で太平天国の乱。

『人間喜劇』作品目録

●『風俗研究』

『私生活情景』

『鞠打つ猫の店』『ソーの舞踏会』『二人の若妻の手記』『財布』『モデスト・ミニョン』『ある人生の門出』『アルベール・サヴァリュス』『仇討ち』『二重家庭』『家庭の平和』『フィルミアニ夫人』『女性研究』『偽りの恋人』『イヴの娘』『ことづて』『ざくろ屋敷』『棄てられた女』『オノリーヌ』『ベアトリックス』『ゴプセック』『三十女』『ゴリオ爺さん』『シャベール大佐』『無神論者のミサ』『禁治産』『夫婦財産契約』『続女性研究』

『地方生活情景』

『ユルシュール・ミルエ』『ウージェニー・グランデ』『独身者たち』全三部（『ピエレット』『トゥールの司祭』『ラ・ラブイユーズ』）『地方に出かけたパリジャン』全二部（『高名なるゴディサール』『田舎才媛』）『敵対関係』全二部（『老嬢』『骨董室』）『幻滅』

『パリ生活情景』

『十三人物語』全三部（『フェラギュス』『ランジェ公爵夫人』『金色の目の娘』）『セザール・ビロトー盛衰物語』『ニュシンゲーヌ商会』『浮かれ女盛衰記』『カディニャン太公妃の秘密』『ファチーノ・カーネ』『サラジーヌ』『ピエール・グラスー』『貧しき縁者』全二部（『従妹ベット』『従兄ポンス』）『請負業者』

『ボエームの王様』『ゴディサール二世』『平役人』『知らぬが仏の喜劇役者』『プチ・ブルジョワ』『現代史の裏面』

『政治生活情景』

『恐怖政治時代の挿話』『暗黒事件』『アルシの代議士』『Z・マルカス』

『軍隊生活情景』

『ふくろう党』『砂漠の情熱』

『田園生活情景』

『農民』『田舎医者』『村の司祭』『谷間のゆり』

●**『哲学研究』**

『あら皮』『フランドルのイエス・キリスト』『神に帰参したメルモス』『マッシミルラ・ドーニ』『知られざる傑作』『ガンバラ』『絶対の探究』『呪われた子』『さよなら』『マラナ一族』『一七九三年徴募兵』『エル・ヴェルドゥゴ』『海辺の悲劇』『コルネリユス卿』『赤い宿屋』『カトリーヌ・ド・メディシスについて』『長寿の霊薬』『追放者』『ルイ・ランベール』『セラフィータ』

●**『分析研究』**

『結婚の生理学』『夫婦生活の小さな不幸』

参考文献

●作品のおもな邦訳

『バルザック全集』全二六巻　東京創元社　一九七三—七六

●主要研究書、伝記など

『バルザック研究—「人間喜劇」の成立』安士正夫著　東京創元社　一九六〇
『バルザック』シュテファン・ツヴァイク著　水野亮訳　早川書房　一九六二
『バルザック—人間喜劇の平土間から』寺田透著　現代思潮社　一九六七
『バルザック論』アラン著　岩瀬孝、加藤尚宏訳　冬樹社　一九六八
『日本におけるバルザック書誌』原政夫著　駿河台出版社　一九六九
『真視の人・バルザック』アルベール・ベガン著　西岡範明訳　審美社　一九七三
『バルザック—天才と俗物の間』霧生和夫著（中公新書）中央公論社　一九七八
『バルザック初期小説研究「序説」』道宗照夫著　風間書房　一九八二
『バルザック論』クルティウス著　大矢タカヤス監修　小竹澄栄訳　みすず書房　一九九〇

『わが兄バルザック―その生涯と作品』ロール・シュルヴィル著　大竹仁子、中村加津訳　鳥影社　一九九二
『バルザック随想』飯島耕一著　青土社　一九九三
『バルザックがおもしろい』鹿島茂、山田登世子著　藤原書店　一九九九
『闘う小説家バルザック』芳川泰久著　せりか書房　一九九九
『「人間喜劇」全作品あらすじ』大矢タカヤス編　藤原書店　一九九九

●フランス語原文による作品・書簡集

Balzac : *La Comédie humaine*,12 vol.,édition publiée sous la direction de P.-G.Castex, Bibliothèque de la Pléiade,Gallimard,1976-81.
Balzac : *Correspondance*,5 vol.,édition établie par Roger Pierrot,Garnier,1960-69.
Balzac : *Lettres à Madame Hanska*,2 vol.,édition établie par Roger Pierrot,coll."Bouquins",1990.

●フランス語による主要な研究書、伝記など

（バルザック関連の研究書はおびただしい数にのぼる。ここには、ごく主要なものに限って記載した。詳しくは、右記プレイヤード版『人間喜劇』第十二巻所収のロジェ・ピエロによる参考書目一覧を参照して

いただきたい)。

Bardèche (Maurice) : *Balzac romancier*, Plon, 1940.
Bertault (Philippe) : *Balzac et la religion*, Boivin, 1942.
Guyon (Bernard) : *La Pensée politique et sociale de Balzac*, A.Colin, 1947.
Maurois (André) : *Prométhée ou la vie de Balzac*, Hachette, 1965.
Vachon (Stéphane) : *Les Travaux et les jours d'Honoré de Balzac*, Presses du CNRS, 1992.
Pierrot (Roger) : *Balzac*, Fayard, 1994.

さくいん

バルザック■人と思想168　　定価はカバーに表示

1999年 8 月26日　第 1 刷発行©
2014年 9 月10日　新装版第 1 刷発行©
2018年 2 月15日　新装版第 2 刷発行

・著　者 …………………………………高山《たかやま》　鉄男《てつお》
・発行者 …………………………………野村久一郎
・印刷所 ……………………………図書印刷株式会社
・発行所 ……………………………株式会社　清水書院

〒102-0072　東京都千代田区飯田橋3-11-6
Tel・03(5213)7151～7
振替口座・00130-3-5283
http://www.shimizushoin.co.jp

検印省略
落丁本・乱丁本は
おとりかえします。

CenturyBooks

Printed in Japan
ISBN978-4-389-42168-7

CenturyBooks

清水書院の〝センチュリーブックス〟発刊のことば

近年の科学技術の発達は、まことに目覚ましいものがあります。月世界への旅行も、近い将来のこととして、夢ではなくなりました。しかし、一方、人間性は疎外され、文化も、商品化されようとしていることも、否定できません。

いま、人間性の回復をはかり、先人の遺した偉大な文化を継承して、高貴な精神の城を守り、明日への創造に資することは、今世紀に生きる私たちの、重大な責務であると信じます。

私たちがここに、「センチュリーブックス」を刊行いたしますのは、人間形成期にある学生・生徒の諸君、職場にある若い世代に精神の糧を提供し、この責任の一端を果したいためであります。

ここに読者諸氏の豊かな人間性を讃えつつご愛読を願います。

一九六七年

SHIMIZU SHOIN

【人と思想】既刊本

老子	高橋進
孔子	内野熊一郎他
ソクラテス	中野幸次
釈迦	副島正光
プラトン	中野幸次
アリストテレス	堀田彰
イエス	八木誠一
親鸞	古田武彦
ルター	小牧治・泉谷周三郎
カルヴァン	渡辺信夫
デカルト	伊藤勝彦
パスカル	小松摂郎
ロック	浜林正夫他
ルソー	中里良二
カント	小牧治
ベンサム	山田英世
ヘーゲル	澤田章
J・S・ミル	菊川忠夫
キルケゴール	工藤綏夫
マルクス	小牧治
福沢諭吉	鹿野政直
ニーチェ	工藤綏夫
J・デューイ	山田英世
フロイト	鈴村金彌
内村鑑三	関根正雄
ロマン=ロラン	村上嘉隆・村上益子
孫文	横山英・中山義弘
ガンジー	坂本徳松
レーニン（品切）	中野徹三・高岡健次郎
ラッセル	金子光男
シュバイツァー	泉谷周三郎
ネルー	中村平治
毛沢東	宇野重昭
サルトル	村上嘉隆
ハイデッガー	新井恵雄
ヤスパース	宇都宮芳明
孟子	加賀栄治
荘子	鈴木修次
アウグスティヌス	宮谷宣史
トーマス・マン	村田經和
シラー	内藤克彦
道元	山折哲雄
ベーコン	石井栄一
マザーテレサ	和田町子
中江藤樹	渡部武
ブルトマン	笠井恵二
本居宣長	本山幸彦
佐久間象山	奈良本辰也・左方郁子
ホッブズ	田中浩
田中正造	布川清司
幸徳秋水	絲屋寿雄
スタンダール	鈴木昭一郎
和辻哲郎	小牧治
マキアヴェリ	西村貞二
河上肇	山田洸
アルチュセール	今村仁司
杜甫	鈴木修次
スピノザ	工藤喜作
ユング	林道義
フロム	安田一郎
マイネッケ	西村貞二
エラスムス	斎藤美洲
パウロ	八木誠一
ブレヒト	岩淵達治
ダンテ	野上素一
ゲーテ	星野慎一
ダーウィン	江上生子
ヴィクトル=ユゴー	辻昶・丸岡高弘
トインビー	吉沢五郎
フォイエルバッハ	宇都宮芳明

平塚らいてう　小林登美枝
フッサール　加藤精司
ゾ　ラ　尾崎和郎
ボーヴォワール　村上益子
カール=バルト　大島末男
ウィトゲンシュタイン　岡田雅勝
ショーペンハウアー　遠山義孝
マックス=ヴェーバー　住谷一彦他
D・H・ロレンス　倉持三郎
ヒューム　泉谷周三郎
シェイクスピア　福田陸太郎・菊川倫子
ドストエフスキイ　井桁貞義
エピクロスとストア　堀田彰
アダム=スミス　浜林正夫・鈴木亮
ポパー　川村仁也
フンボルト　西村貞二
白楽天　花房英樹
ベンヤミン　村上隆夫
ヘッセ　井手賁夫
フィヒテ　福吉勝男
大杉栄　高野澄
ボンヘッファー　村上伸
ケインズ　浅野栄一
エドガー=A=ポー　佐渡谷重信

ウェスレー　野呂芳男
レヴィ=ストロース　吉田禎吾他
ブルクハルト　西村貞二
ハイゼンベルク　小出昭一郎
ヴァレリー　山田直
プランク　高田誠二
ラヴォアジエ　中川鶴太郎
T・S・エリオット　徳永暢三
シュトルム　宮内芳明
マーティン=L=キング　梶原寿
ペスタロッチ　長尾十三二・福田弘
玄　奘　三友量順
ヴェーユ　冨原眞弓
ホルクハイマー　小牧治
サン=テグジュペリ　稲垣直樹
西光万吉　師岡佑行
ヴァイツゼッカー　加藤常昭
メルロ=ポンティ　村上隆夫
オリゲネス　小高毅
トマス=アクィナス　稲垣良典
ファラデーとマクスウェル　後藤憲一
津田梅子　古木宜志子
シュニツラー　岩淵達治

タゴール　丹羽京子
カステリョ　出村彰
ヴェルレーヌ　野内良三
コルベ　川下勝
ドゥルーズ　鈴木亨
「白バラ」　関楠生
リジュのテレーズ　菊地多嘉子
リッター　西村貞二
プルースト　石木隆治
ブロンテ姉妹　青山誠子
ツェラーン　森治
ムッソリーニ　木村裕主
モーパッサン　村松定史
大乗仏教の思想　副島正光
解放の神学　梶原寿
ミルトン　新井明
ティリッヒ　大島末男
神谷美恵子　江尻美穂子
レイチェル=カーソン　太田哲男
オルテガ　渡辺修
アレクサンドル=デュマ　辻昶・稲垣直樹
西　行　渡部治
ジョルジュ=サンド　坂本千代
マリア　吉山登

ラス=カサス　染田秀藤
吉田松陰　高橋文博
パステルナーク　前木祥子
パース　岡田雅勝
南極のスコット　中田　修
アドルノ　小牧　治
良　寛　山崎　昇
グーテンベルク　戸叶勝也
ハイネ　一條正雄
トマス=ハーディ　倉持三郎
古代イスラエルの預言者たち　木田献一
シオドア=ドライサー　岩元　巌
ナイチンゲール　小玉香津子
ザビエル　尾原　悟
ラーマクリシュナ　堀内みどり
フーコー　今村仁司　栗原　仁
トニ=モリスン　吉田廸子
悲劇と福音　佐藤　研
リルケ　星野慎一　小磯　仁
トルストイ　八島雅彦
ミリンダ王　森　祖道　浪花宣明
フレーベル　小笠原道雄

ヴェーダからウパニシャッドへ　針貝邦生
ベルイマン　小松　弘
アルベール=カミュ　井上　正
バルザック　高山鉄男
モンテーニュ　大久保康明
ミュッセ　野内良三
ヘルダリーン　小磯　仁
チェスタトン　山形和美
キケロー　角田幸彦
紫式部　沢田正子
デリダ　上利博規
ハーバーマス　小牧　治　村上隆夫
三木　清　永野基綱
グロティウス　柳原正治
シャンカラ　島　岩
ハンナ=アーレント　太田哲男
ミダース王　西澤龍生
ビスマルク　加納邦光
オパーリン　江上生子
アッシジのフランチェスコ　川下　勝
スタール夫人　佐藤夏生
セネカ　角田幸彦

ペテロ　川島貞雄
ジョン・スタインベック　中山喜代市
漢の武帝　永田英正
アンデルセン　安達忠夫
ライプニッツ　酒井　潔
アメリゴ=ヴェスプッチ　篠原愛人
陸奥宗光　安岡昭男